M000251276

Withdrawn from library collection
Second hand sale authorized by
Arapahoe Library District

El día que no fue

Sandra Lorenzano

El día que no fue

3 1393 01835 4235

ALFAGUARA

Esta novela fue escrita gracias al apoyo otorgado por el Sistema Nacional de Creadores de Arte

El día que no fue

Primera edición: octubre, 2019

D. R. © 2019, Sandra Lorenzano

D. R. © 2019, derechos de edición mundiales en lengua castellana:
Penguin Random House Grupo Editorial, S. A. de C. V.
Blvd. Miguel de Cervantes Saavedra núm. 301, 1er piso,
colonia Granada, delegación Miguel Hidalgo, C. P. 11520,
Ciudad de México

www.megustaleer.mx

Fotografías de interiores: cortesía de la autora
Fotografía p. 180: AFP / Alejandro Pagni

Penguin Random House Grupo Editorial apoya la protección del *copyright*.
El *copyright* estimula la creatividad, defiende la diversidad en el ámbito de las ideas y el conocimiento,
promueve la libre expresión y favorece una cultura viva. Gracias por comprar una edición autorizada
de este libro y por respetar las leyes del Derecho de Autor y *copyright*. Al hacerlo está respaldando a los autores
y permitiendo que PRHGE continúe publicando libros para todos los lectores.

Queda prohibido bajo las sanciones establecidas por las leyes escanear, reproducir total o parcialmente esta
obra por cualquier medio o procedimiento así como la distribución de ejemplares
mediante alquiler o préstamo público sin previa autorización.
Si necesita fotocopiar o escanear algún fragmento de esta obra diríjase a CemPro
(Centro Mexicano de Protección y Fomento de los Derechos de Autor, https://cempro.com.mx).

ISBN: 978-607-318-443-4
Impreso en México – *Printed in Mexico*

El papel utilizado para la impresión de este libro ha sido fabricado a partir de madera procedente
de bosques y plantaciones gestionadas con los más altos estándares ambientales, garantizando
una explotación de los recursos sostenible con el medio ambiente y beneficiosa para las personas.

Penguin
Random House
Grupo Editorial

Para Mariana

*Todo esto debe ser considerado como si
fuese dicho por un personaje de novela.*
ROLAND BARTHES

*...el vengador siempre está equivocado en
los hechos que dan origen al acto vengativo.
A lo mejor porque el amor loco distorsiona la
percepción y hace ver cosas que no ocurrieron.*
DARÍO JARAMILLO AGUDELO

*...y la lengua del miedo
sus papilas rosadas, su aspereza*
PIEDAD BONNETT

Durante meses respiré miedo.

Podría elegir otro comienzo, pero éste es el único honesto. ¿Debería disfrazarlo? ¿Disimularlo? ¿Esconderlo?

Durante meses respiré miedo.

Un miedo turbio, vago, impreciso, pero no por eso menos punzante, que me esperaba a la vuelta de cada esquina, en las escaleras del edificio, en la mirada —demasiado directa, demasiado inquisitiva— del muchacho que me preparaba el café.

¿Alguna vez han sentido miedo? ¿Miedo de verdad? ¿Miedo a ser atacados una noche cualquiera? ¿Miedo a que se vuelvan realidad las peores pesadillas que nos acosan desde niños? ¿Alguna vez le han temido a cada ruido que puebla las noches? ¿A cada silencio?

Durante meses respiré miedo.

Yo que iba a hablar de mujeres, de violencias, de amores y desamores, me convertí casi en mi propio personaje. Como para recordarme que no vale la pura bibliografía de apoyo cuando una va a escribir una historia. Tiene que pasar por la propia piel. Entre las primeras líneas de lo que sería la

11

nueva novela, y esta página que ahora escribo, el mundo se derrumbó. Agazapada e incrédula miré su caída. Primero intenté descifrar lo que sucedía. Después, el terror me envolvió.

Durante meses respiré miedo.

Después nació esta historia.

Dice el diccionario de la Academia:

miedo
Del lat. *metus* 'temor'.
1. m. Angustia por un riesgo o daño real o imaginario.
2. m. Recelo o aprensión que alguien tiene de que le suceda algo contrario a lo que desea.

"Algo contrario a lo que desea." ¿Qué deseo? No el picahielos, ni las converse que podrían aparecer una noche cualquiera en la escalera, ni el cuadro de Bacon: la carne. Un picahielos entrando en la carne. ¿Real o imaginario? Miedo. Pavor. Terror. El miedo se te instala bajo la piel, como hormigas que te van horadando. El pavor, el terror, son repentinos; aparecen y desaparecen. Como el pánico. El miedo, en cambio, se queda. Está. Es tu compañero cotidiano.

Pero las cosas pueden ser mucho más sencillas, o más arcaicas: "El mecanismo que desata el miedo se encuentra, tanto en personas como en animales, en el cerebro, concretamente en el cerebro reptiliano". Paul MacLean propuso en su teoría evolutiva del cerebro triúnico que el cerebro humano es en realidad tres cerebros en uno: el reptiliano, el límbico y la neocorteza. No me pidan mucho más. Sólo quiero decir que me conmueve esta explicación del cerebro reptiliano: "MacLean ilustra esta función al sugerir que organiza los procesos involucrados en el regreso de las tortugas marinas al mismo lugar en el que han nacido".

Las tortugas. Ulises. Yo misma. El cerebro de reptil da origen a la nostalgia porque ya no hay hogar al cual regresar. No leo más. La lagartija que hay en mí lagrimea al sol.

> *El lagarto está llorando.*
> *La lagarta está llorando.*
> *El lagarto y la lagarta*
> *con delantalitos blancos.*
> *Han perdido sin querer*
> *su anillo de desposados.*
> *...*
> *¡Miradlos qué viejos son!*
> *¡Qué viejos son los lagartos!*

Mi madre me recitaba los poemas de Lorca. La nostalgia y el miedo se mezclan: soy una tortuga que no puede regresar.

Aquí están los amores, las complicidades, la memoria… pero también los fantasmas. De pronto el miedo y el desasosiego me recorren el espinazo. ¿Cuál es la historia que quiero contar? ¿La mía? ¿La nuestra? ¿La del amor y el desamor convertida en una herida que no deja de doler? Entiendo la furia, entiendo el enojo, incluso la tristeza. No entiendo la sordera ni el escarnio público. No entiendo la letra escarlata pintada con mi propia sangre. ¿Moriré en la hoguera, como las brujas? ¿Me arrancarán los ojos y la lengua? ¿Estará esperándome alguien cualquier noche en la puerta del departamento? Un picahielos es suficiente; preciso, certero, agudo. Por ¿quinientos pesos?, ¿mil? Ese informe no pasará. Nadie dirá que un hombre común y corriente subió al segundo piso, que me esperó unos cuarenta minutos, que apenas hizo ruido. Que bajó después las escaleras. Tenía unas converse negras, casi nuevas. La estupidez de recordar detalles inútiles. ¿Y la cara? ¿La vi? ¿La veré? *Un peso por lo que piensas.* Una vez en acción el mecanismo del miedo no hay nada que lo detenga. Respiro hondo. Me quedo con la imagen de las converse. Negras.

Casi nuevas. ¿Compradas para la ocasión? Pienso esa tontería en lugar de mirarlo a los ojos. Diez y veintidós de la noche. ¿Cómo sé la hora exacta? Aparece frente a mí. Como las converse. Y una loción que detesto: vetiver.

¿La causa? Un asalto más en esta ciudad acostumbrada a la violencia, dirán. El azar. El destino. El *fatum*. El fado. Y Amália Rodrigues canta recordándome que alguna vez estuve enamorada de Portugal y de sus saudades. Las vidas que no vivimos. ¿Cuánto del destino de cada uno está escrito ya? ¿Dónde? ¿En las estrellas (*Sílabas las estrellas compongan...*, dice un verso de Sor Juana)? ¿En las rayas del tigre? ¿En la palma de la mano? Y vi, en ese instante en que algo se me clavó en las costillas, no el aleph, sino los tejados de Lisboa, el Tágide, la Rua dos Douradores, como si siguiéramos sentadas en aquella terraza, la más entrañable. *Vinho verde*, unas líneas escritas con tinta sepia, un brindis y una promesa. También nací ahí. En el instante del dolor y del miedo —un estilete entrando en mi propia carne—, volvieron el sabor del vino y la chispa de esa mirada de la que no quiero volver a hablar. Justo de eso no quiero hablar. Del amor, de las pieles, de Pessoa leído a dos voces en la terraza de Lisboa. No puedo dejar de temblar. Si esto sigue así sólo podré escribir en lugares públicos para controlarme. Pero esto no sigue. Ya no seguirá. Una sombra

17

con un picahielos en la mano y unas converse negras; una sombra bañada en vetiver está en la puerta del departamento. No habrá Lisboa nunca más. Ni versos portugueses. El destino es implacable. Tal vez estuviera ya escrito en esa carta astral que jamás quise mirar. Del lugar del nacimiento a esta despedida un poco cutre, un poco mínima. De mal gusto. ¿Quién va a querer hablar, nombrarla, describirla? "Tuvo un accidente", dirán después del primer regocijo. ¿Conoces a alguien a quien no le gusten los chismes?, me preguntaron el domingo. Un accidente. La promesa escrita con tinta sepia: entonces. El miedo: ahora. Y este final un poco cutre. Como de película de Almodóvar. Cambio a Amália Rodrigues por Chavela Vargas. "Piensa en mí." El final de *Tacones lejanos*. Me acuerdo que las dos nos enamoramos de Marisa Paredes.

Si tienes un hondo penar, piensa en mí.
Si tienes ganas de llorar, piensa en mí.
Ya ves que venero tu imagen divina,
tu párvula boca que siendo tan niña
me enseñó a pecar

… tu párvula boca. ¿Se vale un picahielos una noche cualquiera después de Chavela Vargas? ¿Se vale el vetiver? Un final cutre. Una despedida cualquiera. Un accidente. ¿Me arrancarán los ojos y la lengua? La letra escarlata pintada con mi propia sangre. No hay palabras contra las ganas de no escuchar. *Si tienes un hondo penar…*

"Más historia", me piden. "Cuenta." Y yo no logro hacer del quiebre relato: tiempo, lugar, acciones encadenadas. Causa y consecuencia.

Una pura sensación. Eso es lo único que aparece. *Tendré entonces desierta la boca,* escribió un poeta venezolano. Desierta la boca. El silencio como único habitante. El silencio de la imposibilidad. Del relato discontinuo. De las imágenes borrosas. De la grieta que separa: la realidad / el nombre.

Hay un límite. Una traba. ¿Dónde? El miedo dibujado en la piel. Yo que no tuve que esconderme, ni dormir cada noche en una casa distinta. Que no tuve que escuchar los gritos ni los golpes contra la puerta. Que no sentí las manos hurgando en mi cuerpo. Yo que no caí al agua ni me volví hueso húmero en la frontera. Soy también la de la boca desierta.

Shibboleth. El santo y seña. Nos reconocemos en el andar. En la mirada que se aferra al horizonte. En la respiración que busca el aire del río.

La grieta como origen del relato.

Una madrugada fría. Un error de tecla y la madrugada es madrigada. Madriguera. El hogar tatuado en el brazo, como viejo marinero.

Miedo a quedarme encerrada en el minúsculo canto a mí misma. Sospechas, gritos, desamor. No olvidar nunca: vengo de otra parte.

A ver, ordenemos:

Ella y yo. Deseo. Pasión. Amor. Historias compartidas. Proyectos. Hijos. Nietos. Risas. Celebración de los cuerpos. Años de amorosa alianza. De complicidades gozosas. Y de pronto: sospechas, gritos, desamor. Inseguridades, violencia. "Más historia", me piden. "Cuenta." No hay más cuento que el dolor, que el miedo. Quieren saber nombres, fechas, causas y efectos. O peor: secretos oscuros. La radiografía del poder.

Hay una línea infranqueable. Ése es mi orgullo. Quizás mi única victoria. Pequeña y mínima para algunos (¿para ella?). Infinita y fundamental para mí. Vengo de otra parte. Tal vez ese origen lo determine todo. Tal vez seamos sólo ADN y desarticulada autobiografía. Qué hacemos con la herencia. Ésa es quizás mi única victoria. El *nonno* laburante que llegó a hacer la América. La *bobe* y el *zeide* que huían de los pogromos zaristas. Honrar la herencia, pienso ahora. Pasándole a la historia el cepillo a contrapelo.

"Cuenta."

Tal vez otras historias: tal vez las de aquellas mujeres con las que comparto un mapa que poco tiene que ver con ninguna geografía. No conoce mis ríos, ni los cerros de colores en los que mi hija aprendió a caminar (mejillas rojas y dulces),

21

ni el agua que baja arrasando lo que encuentra a su paso, ni una ciudad "terrible, gris, monstruosa" que aún no sé si me cobija. Los mapas de la memoria dibujan los brillos de la piel, la forma de las uñas, y el color que deja la sangre al secarse. Tendría que mentir. Digamos: inventar. ¿Es otro, acaso, el oficio de la palabra? Largas faldas y cabellos que se ocultan. La primera que se asomó al libro de rezos de su padre. Con caireles castaños y unas ojeras apenas marcadas que se acentúan en mi hermana y en mi espejo cuando estoy cansada. ¿Aprendieron a leer? El libro era sólo para la mirada masculina. Para sus plegarias. Pero pudo haber habido una pequeña Ruth, de voz sorprendentemente grave y pies regordetes. Pudo haber sido la abuela de mi abuela. Nombre de mujer engarzado a nombre de mujer. Los mapas de la memoria son implacables. Se sentaba antes de que saliera el sol frente al fuego donde ya había puesto a hervir agua, a buscar las letras que no la condenaran. Las palabras que la regresaran al desierto del origen, al sonido tibio del primer arrullo. La memoria también se crea. Hablo de sus ropas oscuras y de las manos enrojecidas que pasaban las hojas buscando el secreto. Larga cadena de la sangre. O quizás mamá tuviera razón: nada de *shtetls*. Salieron en 1910. Mi abuela tenía sólo seis meses. Venían de libros y conspiraciones, de bailes y versos. Un kepí quedó en el museo. Con una bala atravesada. Orgullo de la familia. Los hombres cantaban en ruso cuando la nostalgia llegaba húmeda de vodka. Alguien recitaba entonces un poema y ya no importaba la lengua sino las lágrimas de la *bobe* (en esa foto vieja tiene a mi madre niña entre sus brazos gordos y tibios):

> *Levántate y ve a la ciudad asesinada*
> *y con tus propios ojos verás, y con tus manos*
> *   sentirás*
> *en las cercas y sobre los árboles y en los muros*
> *la sangre seca y los cerebros duros de los*
> *   muertos...* [1]

"Más historia", me piden. Y yo no logro hacer del quiebre relato: tiempo, lugar, acciones encadenadas. Causa y consecuencia.

Una pura sensación. Eso es lo único que aparece. Los cerebros duros de los muertos. Las bocas desiertas.

---

[1] Jaim Najman Bialik, "En la ciudad asesinada" (sobre el pogromo de Kishinev), 1903.

Y luego está el tema del gen. El tema de la maldita mutación. "Maldigo el día que te conocí", me dijo. Acabo de leer un comienzo de novela que viene muy al caso: "Cada hombre, cada mujer, carga con su propia maldición. Hay quienes dedican toda su vida a desbaratarla…"[2] Nosotras —es decir: las mujeres de nuestra estirpe— cargamos con esa maldita mutación genética.

Lo pienso ahora mientras le doy vueltas a la tarjeta del médico. "Operaron a Irene", decía el mensaje en la contestadora.

Mi primera reacción fue mirar la tarjeta que me dio una amiga hace pocos días. Los datos de un genetista. A veces la herencia es difícil de sobrellevar. La memoria de la sangre.

No hay dolor. Sólo una sombra. Algo apenas perceptible en el ultrasonido. Después vienen los médicos, los quirófanos, el corte, el miedo. No todo en ese orden. El miedo siempre. Y la cadena es larga: una más de las mujeres de la familia. La culpa es del gen. Adonai. ¿Y antes? También antes

———

[2] Claudia Piñeiro, *Las maldiciones,* Alfaguara, Argentina, 2017, p. 11.

el miedo, el corte, los quirófanos, los médicos. ¿Desde cuándo? O sólo un largo rezo y ahora sí el dolor y los hijos alrededor de la cama. Hijos para salvar cada día el universo. ¿Quién podía saber cuál era realmente el elegido por el Señor? Treinta y seis justos nos salvarán. ¿Yo? ¿Tú? Huella tan ajena, tan distante, que vuelve tanto tiempo después en otro cuerpo. Sólo una sombra que quisiéramos no reconocer.

Una liga, jeringa y aguja, un tubo de ensayo. Tiene buenas venas, me dice la enfermera. Pero primero una larga explicación. Árbol genealógico. Sólo sé los nombres de mis bisabuelos. Lo demás está en el libro. No es necesario rastrear más la memoria: venimos todos del mismo desierto. Del mismo personaje desgarrado que se queda en el límite de la tierra prometida. *Oh palabra, tú que me faltas.* Y ahí, en el instante mismo del encuentro con el propio destino —clic— ¿una mutación genética? *Oh palabra.* ¿Cuál fue la sílaba mal pronunciada? Qué sé yo de genes, ADN, herencias… apenas conozco los nombres de los bisabuelos. Una liga, jeringa y aguja… Las venas vienen en el mismo paquete heredado. Manos grandes. Iguales a las de mi madre y mi abuela. Como si hubiéramos arado la tierra, como si hubiéramos martillado sobre un yunque. No parecen de plegarias y velas, sino de vida al aire libre, de rostro enrojecido y leña recién cortada. Cada una con el par marcado. La línea roja atravesada sobre el

25

mapa. Me va explicando de a poco haciendo signos sobre el escritorio. Los vacíos en el libro son el secreto apenas pronunciado. Las veintidós letras pueden ser oscuras, como lo supo el rabino de Praga.

…cuando todas las puertas están cerradas / y ladran los fantasmas de la canción, dice el tango. Toda la noche me canté un tango. Bajito. O a lo mejor sólo para adentro. Tenía dieciséis años y estábamos cruzando el cielo del continente. Yo lloraba. Mirá que he sido llorona en la vida. Ahora se terminarán también las lágrimas. *Moriré en Buenos Aires, será de madrugada / que es la hora en que mueren los que saben morir.* Piazzolla y Horacio Ferrer. Así empezó el exilio. Pero no fue premonitorio. No estaba escrito eso en la carta astral. No fue en Buenos Aires sino aquí. Una noche cualquiera, nadie lo habrá visto subir. No habrá quedado rastro de su loción en las escaleras. O podría ser también que muriera en la hoguera como las brujas de Salem. O contagiada por la peste, como la jerónima. Qué hueco ha quedado aquí dentro. Las palabras no lo llenan. Tampoco los silencios. Mucho menos esos redobles de tambores que vienen de la escuela de enfrente y que intento tapar con música. Neutra. Porque la memoria tiene razones que la razón desconoce, y la música es peor que las magdalenas. Ni mariachis, ni Beethoven, ni fados, ni la sinfonía "Titán". Pero sigo sin

entender la violencia, los gritos, la letra escarlata. *Cuando quieras quitarme la vida / no la quiero para nada / para nada me sirve sin ti…*

Pensé que había sido el azar el que me había hecho poner las "Gymnopédies" en el aparato de música. Con el único deseo de tapar las voces y los ruidos que vienen de fuera. Pero de pronto me llevaron a casi cuarenta años atrás. ¿1979? ¿1980? Perla en el departamentito de Copilco, las clases, las risas, y la música: Satie. Porque también hay otras historias, otras memorias.

Mejor volver a los amigos, a las complicidades. Cuarenta años caminando por esta ciudad deshecha. El mercado de Mixcoac olía a barbacoa a las siete y media de la mañana. ¿Quién podía querer desayunar algo así? Nosotros cuatro de la mano íbamos a la escuela. Pablo y yo agarrábamos a los chiquitos. El olor a barbacoa y al café quemado de Revolución y Molinos. Qué cosa la nostalgia. También un poco cutre. Así fueron los primeros tiempos. Hasta al olor del nuevo aire hubo que acostumbrarse; a las temperaturas, a las rutinas, a ese departamentito de las Torres de Mixcoac, A5 301, a las lluvias que llegaban puntualmente a las tres. Durante los primeros tiempos, nos encerrábamos los seis en casa toda la tarde mientras pasaba la lluvia; después aprendimos a convivir con ese ritual que se prolonga durante meses. Lo que nunca entenderé es la despreocupación que lleva a los mexicanos a mojarse indefectiblemente cada día de la época de lluvias. A veces alguien tiene un paraguas o un impermeable encima, pero jamás unas botas. Y se mojan felices —o no tanto— a lo largo de los días, de los meses, de los años.

Pero ¿qué me queda de esa etapa si voy más allá de las anécdotas, de las clásicas y simpáticas historias de encuentros y desencuentros de todos los exiliados? Trato de reconstruir las sensaciones, los sentimientos. Qué me pasaba por la cabeza y por la piel en aquellos primeros meses. El desasosiego, la tristeza, la permanente sensación de extrañeza, de desfamiliarización. Las cosas se parecían a las que conocíamos, pero no del todo. Como si al encimar dos imágenes que deberían coincidir una se moviera un poco; eso: sentía un cierto corrimiento en la realidad, algo que producía un efecto de fuera de foco. Nada era realmente como lo veía. A veces vuelvo a tener esa misma sensación de bruma que cubre todo. O de desacomodo. Aprendí con los años las estrategias para enfrentarme a esta forma de desconocimiento de lo que me rodea, de extrañamiento; aprendí con los años las estrategias para salir de la angustia, o en unos pocos casos, para evitarla. Ahora sé mejor cómo y por dónde (sólo un poco; a veces las estrategias también fallan). Poner la cabeza frente al cuaderno, frente a la pantalla de la computadora, o en las páginas de un libro. Apenas levanto la mirada, un hueco se me instala en la boca del estómago. Ahora, cuarenta años después de lo que venía contando, llevo meses intentando salir de esa sensación. Por eso escribo sin parar. Es como con el vértigo o los mareos: hay que mirar hacia el frente, a un punto fijo, y no moverse; de otro modo, el mundo comienza a dar vueltas. Hace unos años (¿ocho?, ¿diez?) tuve un episodio de vértigo provocado por un virus. Durante días no pude mover más que los ojos, cualquier otra cosa me mareaba. Casi no podía mover ni siquiera la cabeza, mucho menos caminar o incluso estar de pie. Aprendí a vivir con la mínima cantidad posible de movimientos. Ahora repito la estrategia: moverme poco, sobre todo dentro de mí misma. Hay zonas que es mejor no tocar, a riesgo de que nuevamente la realidad se salga de foco. Me aferro a las palabras, entonces. También me aferraría al cuerpo amado, si pudiera. No hay mejor ancla contra las tempestades que vienen de dentro y de fuera, que el cuerpo amado. Me abrazaría casi hasta fundirme con esa otra piel. O sin el casi. Si pudiera. Si estuviera.

¿Pero a los dieciséis años, a los dieciocho? De a poco el mundo dejó de moverse, a pesar de todo, y lo raro se hizo casi familiar. Las calles, los rostros, las voces, dejaron de ser amenazantes. Respiré hondo el aire de esta ciudad (aún era fresco y limpio) y me sentí parte de ella. Una con el todo. Hoy todavía no me atrevo a respirar hondo, todavía no me atrevo a que se me hinchen los pulmones, se abran las costillas, se limpie la sangre. Y no es porque los niveles de contaminación del aire sean aterradores. Más terror me dan otros niveles de contaminación —aquí dentro—. Tóxicos.

Durante meses respiré miedo.

El mensaje era claro. Lo que no era claro era mi cerebro a las tres de la mañana. Ni siquiera tuve demasiada noción, en un primer momento, de dónde estaba. De a poco la neblina se fue disipando: cama alta (muy gringa), edredón tibio, habitación confortable. Un entorno que tenía poco que ver con la dureza del mensaje. "Ahora entiendo todo", decía. "No te quiero volver a ver nunca más en mi vida. Maldigo el día que te conocí." Demasiado para las tres de la mañana. El corazón me saltaba con tal fuerza que pensé que iba a darme un paro cardíaco. Qué mal regalo para los profesores que me habían invitado: tendrían que repatriar mi cuerpo. Pero, ¿para entregárselo a quién? "Maldigo el día que te conocí." ¿Se lo darían a ella? "Mala cueva", dirían mis amigos chilenos. ¿Sería yo un cuerpo más en el Semefo? Alguien acaba de contarme que en los servicios médicos forenses de todo el país "sobran" los cuerpos: decenas y decenas de cuerpos que se amontonan en las morgues. "Una tierra de cuerpos sin nombre y de nombres sin cuerpo." Pero no morí esa madrugada. No hubiera sido una muerte heroica, ni siquiera melodramática, sino una muerte más bien patética: no hubiera muerto por estar metida hasta la coronilla en los casos de mujeres asesinadas, ni por denunciar en cuanto foro estuviera a mi alcance (en esos días era Austin) que vivimos en un estado criminal, ni siquiera por la maldita mutación genética. Simple y sencillamente hubiera muerto de pánico ante la violencia del desamor. Un final cutre. Una maravillosa historia de amor reducida a un final vulgar.

"¿Qué es lo que entiendes ahora?", alcancé a escribir, cerrando la pregunta con varios signos: "¿Qué es lo que entiendes ahora?????"

Tarde. Ya me había bloqueado del whatsapp, del correo, del facebook, del telegram. Al mismo tiempo que la adrenalina me invadía, yo me miraba desde afuera, miraba toda la situación como si fuera espectadora de un show ajeno. ¡Qué rara es la cabeza! No era la primera vez que la veía con ese nivel de violencia —aunque nunca contra mí, es cierto—, y sabía que en esas circunstancias "veía rojo", como a ella misma le gustaba decir (¿presumir?), como si ese momentáneo descontrol fuera una cualidad. Y por eso, porque la conocía, una parte de mí se paralizó de terror.

Aunque pensaba, metida aún bajo el edredón de una cama de hotel, "¿un whatsapp?, ¿cómo si fuéramos adolescentes? ¿A los casi sesenta años y después de quince de relación?" Por debajo de estas preguntas, una frase se (me) repetía de manera obsesiva, era como telón de fondo de todo lo

34

que estaba viviendo desde hacía algunos minutos, como un grafiti en una pared medio descascarada: "Esto no me puede estar pasando."

La gente siempre me cuenta historias parecidas: a Fulanita le dejaron un post-it pegado a la computadora, o le mandaron un correo electrónico. O la abandonaron al día siguiente de haberle festejado los cincuenta años (o las bodas de plata), en Puerto Madero, frente al río, con bombos y platillos, champaña y ciento veinte invitados (¡auch!). O simplemente le dijeron "bajo a comprar cigarrillos" y nunca más volvieron (*Nunca más volvió / Nunca más la vi / Nunca más su voz nombró mi nombre junto a mí*, dice el tango).

¿Se acuerdan del Unabomber? ¿Del tipo aquel que mandaba cartas explosivas en Estados Unidos? El novio de una amiga pasó a la historia también como nuestro propio "Unabomber": él se fue con su maletita a un congreso y desde allá le escribió diciéndole *bye, bye, love*. Papel aéreo, sobre con la banderita de tres colores.

Nunca más volvió / Nunca más la vi.

Historias parecidas. O peores. Pero ésta era la mía. La nuestra.

Llamé por teléfono a la que aún consideraba mi casa. Por supuesto nadie contestó. Ni ella. Ni la perra. Ni el gato. Nadie.

"Esto no me puede estar pasando."

Pero sí.

Sábado en la noche. Había sido un día más o menos tranquilo después de los rayos y centellas que —como en las caricaturas— volaron toda la semana. Cada una trabajó en lo suyo, hablamos de tonterías: cualquier cosa con tal de olvidar por un rato la tensión. Estábamos agotadas.

¿Vemos una peli?, gritaste desde el cuarto. Y yo acepté. Me tiré en la cama, como siempre, y me abrazaste como siempre. Era volver a casa.

Hubiera querido haberme quedado a vivir en el "como siempre".

Por más que me esfuerzo no recuerdo qué vimos. Era algún melodrama romántico gringo de esos típicos de sábado en la tele. Es lo único de lo que me acuerdo. Y que nos pusimos a llorar las dos. Por los personajes. Por su necedad. Por su tontería. Parecían los únicos en no darse cuenta que estaban destruyendo lo que más les importaba. *Sounds familiar?*

"¿Qué estamos haciendo?", me preguntaste.

"Cine de lágrimas" llaman algunos a esas películas.

Como la Quinta das Lágrimas que tanto amamos en Coimbra. Allí Inés y Pedro de Portugal

36

vivieron su pasión más allá de la muerte. Su propio "como siempre".

"¿Qué estamos haciendo?", me preguntaste.

Pero la bola de nieve ya era imparable. Al día siguiente volví a dormir en el cuarto de abajo.

Extrañar la piel amada. El ancla. El deseo. Extrañar la sensación de llegar a casa; de tener hogar. Reconocer, por sobre todos los demás, los sabores, los olores, las texturas, los huecos, los secretos, los escalofríos, los pudores, de ese cuerpo. Extrañar el espacio y el tiempo para aprenderlo de memoria cada noche. El espacio y el tiempo para recorrerlo con la lengua, con las manos, con el vientre… *No conoce el arte de la navegación / quien no ha bogado en el vientre / de una mujer,* Peri Rossi *dixit.* Aferrarse a las palabras, a la pantalla, al teclado, a los puntos y las comas que pausan y permiten de a poquito volver a respirar. Cada uno tiene sus paisajes, el mío es de horizontes abiertos, de ríos, de islas que esconden siempre algún tesoro. Quise alguna vez escribir un libro sobre las islas. "El otoño recorre las islas", escribió José Carlos Becerra, amando el trópico y a la vez huyendo de él. Una línea une Brindisi, donde murió, y el calor, sus versos y la sangre. Horizontes abiertos, aire que corre, un mar frío con espuma amarilla que se pega a la arena. El viento nos despeina, me enreda el pelo, nos reímos, tengo ocho años; corremos tratando de agarrar la espuma.

O cavamos buscando berberechos. "Esos aguje-ritos muestran dónde se están escondiendo", dice papá. Nosotros cavamos a toda velocidad con las manos. Los llevamos al departamento. Después habrá que tirarlos antes de que el olor sea insopor-table. El pescado no. La corvina que pescamos en la escollera, la comimos, claro. Ir a pescar es un ritual que cumplimos cada tarde. Cada uno tiene su caña, su reel, su poca o mucha paciencia para esperar. Aprendemos a esperar. Nosotros: los re-yes de la impaciencia. Y a veces alguno pica, y lla-mamos a los gritos a papá. Yo lo veo con la misma admiración con que años después veré (leeré) al viejo de Hemingway peleando con el enorme pez. Cuando es una mojarrita, vuelve al agua; cuando es algo más grande, mamá lo prepara para cenar.

Ese viento y esas risas se mezclan con la que soy hoy. Sigo ansiando el viento y las risas, salir a pescar con papá, correr sobre la arena como un cachorro cualquiera. A veces me agota este tener que estar en el mundo como adulta, me agota la necesidad de estar presente, el esfuerzo por no ser borrada, eliminada, desaparecida. Me quedaría sin pasado, sin memoria. Como en una mala película de ciencia ficción. La gran quema de libros: el humo sube, las páginas crepitan; miro hipnotizada la danza del fuego. La Kristallnacht. *Bye, bye love / Bye, bye happiness / Hello loneliness / I know I'm gonna die*, canta Bob Fosse. Pero no *All That Jazz*: *Cabaret* tengo que cantar. Bailamos alrededor de la pira. La playa en verano, los adolescentes asan salchichas y bombones, y Liza Minnelli es una diosa bajo el cielo californiano. Mejor el "borramiento" que la picana. ¿De verdad voy a volver a aquellas historias? ¿De verdad nuevamente las Madres y las Abuelas, y los testimonios y las siluetas? ¿Nuevamente las maletas del exilio? Empezar una vez y otra. Y la memoria cada vez más parchada. Curitas, golpes, rasguños. Como en las historietas ##@!!%%%&// Palos, trancazos, salen signitos volando por todo el dibujo, y el "malo" aparece en la siguiente viñeta con yesos y moretones, pero listo para seguir. La insoportable banalidad de lo banal.

Vengo de otra parte. Pero no es una cuestión de geografía. Las latitudes y los países poco tienen que ver con esto. Es la suma de barcos y abuelos, migración y trabajo. Exilio. Desaparecidos: los de allá y los de acá. Cuerpos vejados. Cuerpos torturados. Los que ya no están. El miedo que se vuelve orgullo. Las luchas. Ésta es mi historia. Ésta es mi elección. Ésta es mi patria / mi *matria*: la de Tania y su padre secuestrado en México hace más de cuarenta años, la de Paula y el suyo asesinado en Córdoba. La de Yolanda Morán que busca a su hijo Dan, desaparecido en Torreón, Coahuila, en 2008. La de Estela que buscó primero a su hija Laura, asesinada por la dictadura argentina, y después a Guido, nacido en cautiverio. La de Rina que fue secuestrada en 1977 en la provincia de Buenos Aires. La de Analía que se subió a "la Bestia" pero nunca llegó a Estados Unidos.

Quizás no sea difícil
hay que cerrar los ojos
así
y dejarse mecer
por el ritmo del tren

pero no
no dormirse nunca
los ojos bien abiertos
alerta la piel
al borde del grito la garganta
erizada la memoria
ser uno con ellos
con los otros
con los miles que suben
al lomo de la bestia
porque los hijos esperan
porque la patria es un cementerio
y los ojos están poblados de cadáveres
hemos venido a callar
apenas un murmullo el nombre completo
el origen   la edad
quieren saber desde cuándo estoy muerta
quieren saber cuántos fueron los violentos
qué decían   qué gritaban   cómo dolía
y el tren sacude los recuerdos
me aferro a los adioses
la última mirada
mamá y la medalla en la mano
es San Antonio dijo
para que vuelvas pronto
pero si aún no me he ido
una no se va nunca aunque se vaya
una lleva su tierra en la mirada
una sabe el nombre secreto
de los pájaros

me agarro como puedo para no caer
en la nostalgia
me agarro como puedo de este tren
de los sueños
pero soy pesadilla
aquí
muda[3]

Ésta es mi gente. No es cuestión de geografía.
Es cuestión de historia.

---

[3] En mayo de 2016, el poeta Mardonio Carballo y el colectivo "Artistas contra la Discriminación" me invitaron a sumarme al proyecto artístico-literario llamado "Montar la bestia". Este poema fue mi contribución. Desde entonces la exposición, formada por obra plástica y poética, ha sido expuesta en decenas de ciudades de México y Estados Unidos.

A las pocas horas otro whatsapp. Esta vez era mi hermano. "Me habló X." Para los fines de esta historia, ella será X. Equis. "Dice que te va a mandar todas tus cosas. ¿Qué hago?" No había demasiadas opciones. "Recíbelas." Mandar-recibir eran verbos demasiado generosos. Bolsas negras con mi ropa y mis zapatos, cajas con los libros y con las muchas tonterías que una junta en la vida, quedaron en la banqueta.

"Veo rojo." "Ahora entiendo todo."

¿Qué era lo que entendía?

Cada tanto todavía lo pienso. Poco para que no duela la memoria, ni el corazón (*re-cordis*. ¡Ay, Corín Tellado!), ni *las manos de tanto no tocarla*, ni *el aire herido que a veces soy*. Cuántos versos compartidos, cuánto Sabines iba y venía en los correos electrónicos. Cursis y felices nos escribíamos sin parar.

Cada tanto todavía lo pienso. Llamarte y decir: ¿Pero qué estamos haciendo? Como aquella tarde de sábado frente a la televisión.

Sin trabajo, sin hijos, sin nietos, sin amigos tirando de la cuerda de un lado y del otro como en un campamento de los boy scouts.

Solas nosotras dos. Mejor si fuera frente al mar.

Ni siquiera haría falta hablar: nos sabemos de memoria.

Todavía.

Otro día que no fue.

Cada uno tiene sus paisajes. El mío es de horizontes abiertos, de agua, de árboles y verde. Quise alguna vez escribir un libro sobre las islas. Sobre la luz dorada del atardecer. Sobre el silencio. Sobre la paz del río inmóvil y el deslizamiento del bote que apenas hace ruido al cortar la corriente. A esa imagen vuelvo desde este momento de caos. A esa imagen para salir del ahogo. Moverme como un gato. Dentro de mí misma, como un gato. Cuidando de no tocar aquello que duele. Despacio, con suavidad. Cualquier movimiento descontrolado puede causar un estropicio. Será por eso que hoy mi imagen de libertad es la sensación del viento frío en la cara a la orilla del mar. Casi como Leo en alguna otra historia que se volvió libro. Y el grito. Un grito con el que salgan todas las historias, los miedos.

Tengo ocho años. Tengo el viento. Tengo las risas. Una caña y un reel sólo para mí. Pero vino la muerte y tuvo tus ojos (*Verrà la morte e avrà i tuoi occhi*).

Se me cruza otra imagen.

Hubiera querido que la bajada no terminara nunca. Que las ruedas de la bicicleta giraran cada vez a mayor velocidad y que el grito que daba se perdiera en el viento. Esos pocos segundos en que me lanzaba al vacío eran mi territorio de libertad. El único. Ese bebé que ni siquiera llegué a ver y que había hecho que mi madre no se levantara de la cama durante semanas se había llevado consigo el mundo conocido. De la euforia de los preparativos —la cuna, los pañales, los escarpines que había tejido la abuela— al silencio. *Verrà la morte...* Y una sombra que pesa al caminar, al hablar, al comer. Sólo la bajada a toda velocidad, la bicicleta y el grito valían la pena.

Además descubrí que la muerte me daba vergüenza. Y eso me daba más vergüenza aún. Era como llevar un manto oscuro que me cubría, pero no me ocultaba: me señalaba. Como la letra escarlata. No estaba bien que cantara ni que riera ni que corriera en el recreo. El manto negro me delataba y enseguida veía la cara de reprobación de la maestra. ¿Qué me pasaba? ¿No pensaba en el dolor de mi madre? ¿En ese pequeño que nos miraba desde el cielo? Pero si ni siquiera tenía nombre, quería gritarle. No era mi hermano todavía. (Lo enterraron en algún cementerio de provincia. NN.)

Aaaaaaaaaaaahhhhhhhhhh... gritaba con fuerza. La bicicleta era roja y yo me tiraba a toda velocidad para desprenderme del manto, de las miradas, de los comentarios. De la piedad. Me lanzaba al vacío y gritaba. Una vez. Y otra. Y otra. Aaaaaaaaahhhhhhhh... Hasta quedar afónica.

Y me daba vergüenza.

"El corazón, si pudiera pensar, se detendría",
escribió Pessoa (¿ya he dicho que una es una y sus
obsesiones? Vuelven. Todas vuelven. Los versos.
Las voces. Las lecturas. Los tejados. Un río que es
nacimiento y muerte. Los aviones. Los cuerpos
cayendo. Los que están. Y los que no están). ¿Y el
mío? ¿Se pararía como el del bebé mi corazón de
los ocho años? ¿Qué era lo que no debía pensar?
No hablar. No decir. No nombrar. (NN). Así quizás dejaría de existir lo que existía: el vacío. Y las
ganas de gritar al viento.

Como siempre, pierdo el hilo. No a los ocho
años. Ahora. Comienzo el relato y pierdo el hilo.
Y la voz. Y las palabras. Y pienso que quizás nom-
brándolo las recupere.

No sé cómo. Por eso convoco palabras ajenas.
Pero la voz no aparece. Ni las palabras. No encuentro el hilo que me conduzca de regreso.

Un manto oscuro. Me señalan. Escondo en los
puños la energía de los ocho años. Para después.
Para cuando todo vuelva a ser como antes. Como
antes de los preparativos. De la euforia. De la lista
de nombres. No era mi hermano todavía. Gritaría.
Si pudiera. Si la vergüenza no me tapara la boca.

¡Momento! Sí hubo un después. También de eso podría hablar. Pero ahora no encuentro la voz. Algo me tapa la garganta. Aunque me rodee de palabras ajenas. Esa sensación no ha cambiado. Y no hay bicicleta ni bajada a toda velocidad que me ayuden a gritar. Óxido en la garganta. Siempre allí. También por la garganta moverse como gato. ¿Qué historia quiero contar? ¿No es más fácil quedarse con las palabras de otros? Las historias tartamudas no interesan. Las de las manchas en el papel. Las de las idas y vueltas por los renglones, donde cada letra es el dibujo del todo. Del adentro y del afuera. A veces se me olvida que del otro lado hay un mundo. Abro entonces las ventanas. O salgo a caminar. A ver las caras de la gente, a escuchar sus voces, a comprobar que se ríen, que hablan, que hay ruidos, coches. Parece que hay mundo más allá de mi propia piel. Es bueno saberlo.

Olvidar las cenizas de los seres queridos. El pan ácimo que hornea el Amazonas. Olvidar a los que nunca llegaron a existir, a los que no tuvieron nombre, ni memoria. Empezar por los veranos, quizás. Por el sol. Por las cigarras que inundan el calor. Y el polvo. La tierra seca por la que pedaleo a toda velocidad a la hora de la siesta. O los secretos al caer la tarde. Alguien riega los malvones.

La tormenta arrecia. Borrar parece ser la consigna. "¡Que le corten la cabeza!", gritó la Reina de Corazones. Llegó el miedo. La tristeza. La

50

inseguridad. El dolor. "Sin juicio no puedes condenarla", dice Alicia.

Olvidar las cenizas. Sería un lindo título. Pero no es cierto, no quiero olvidar, no quiero más "borramientos", no más desapariciones. Por mucho que trate de borrarlo, el pasado también está aquí. Es lo único que de verdad está. El presente es ya pasado. Los indígenas del Amazonas sólo olvidan cuando han comido el pan amasado con las cenizas queridas. No tiene sentido la consigna del recuerdo cuando ellas ya forman parte de ti, de tu cuerpo, de tu sangre. Amasar las cenizas, entonces. Nuevo título.

¿Cuál es la historia que quiero contar? ¿La mía? ¿La nuestra? ¿La del amor y el desamor convertida en una herida que no deja de doler? Un picahielos. La letra escarlata pintada con mi sangre.

La región menos transparente de tu propio aire: aquí apenas logro que algo llegue a los pulmones. No hay bocanada de oxígeno que me inunde.

Tampoco hay silencio. Hay una maraña enloquecida de palabras, de imágenes, de sensaciones, que se agolpan en la cabeza, que revolotean alrededor de la lengua, que la enredan, que la seducen, que la agobian. Aquí, yo busco el horizonte. O el desafío de una mirada. Un relámpago.

El miedo y el dolor a veces se confunden. Una moneda me cierra el esófago. Ni siquiera las lágrimas aparecen. Preferiría estar vacía. Quedarme durante horas en cualquier banca en el parque mirando correr a los niños, sin registrarlos. ¿O para qué salir? Puedo mirar la pared. Nada más. Una larga sucesión de blancos. Sin picahielos. Sin cajas alrededor. Sin fotos cortadas. Sin gestos. Que el pasado sea un largo presente anestesiado. Nosotras, las dueñas de las palabras, no encontramos la manera de que dijeran lo que queríamos decir. No pudimos decir el amor, la complicidad, la memoria. No pudimos dibujar con ellas espirales eternas. No pudimos nombrar el mar ni el rayo verde.

El picahielos entra a mi carne con un solo gesto. Y a mí se me cruza por la cabeza un cuadro de Francis Bacon. Mi carne es la carne de Bacon atravesada por un picahielos. Preferiría estar vacía. El miedo endurece los músculos; la descarga de adrenalina hace que se transformen en millones de pequeñas espadas. El dolor del cuerpo mata todos los otros dolores. Lo saben quienes hacen ejercicio hasta caer extenuados. Lo saben quienes se lastiman con navajas o cuchillos. Y tu piel es entonces un mapa de cicatrices que quiero ir descubriendo; cada una es una historia, una angustia, un paisaje, un desafío. La adolescencia es un territorio cruel. Tuve miedo de mi propio cuerpo, del deseo que afloraba. ¿Mejor los cortes? No permitiré que nadie diga que es la edad más hermosa de la vida. También mi madre tuvo miedo. Nunca supimos la historia. ¿Había también cicatrices que ocultar? ¿Nombres que no conocimos? La tristeza que se extiende y cubre el amanecer: la de ella, la tuya, la que hoy me hace mirar esta pared blanca esperando el vacío.

Era apenas una cría. Mamá. Los libros. La música. El abuelo que tocaba el *cello*. Y una melancolía digna de la raza del libro. Había nacido bajo el signo de Saturno, hubiera dicho Sontag. Pero pasó: la tristeza se convirtió en sonrisas, en jardín, gallinas, tortuga y perros. La tristeza se convirtió en bebés, pañales, triciclos, rondas interminables, delantales cuadrillé y milanesas. Después el exilio. Después otros intentos de suicidio. Fin de las sonrisas.

Y las fotos. Tal vez nada me impresionó más que las fotos. Ahora no quiero abrir ninguna de las cajas por miedo a que haya más. A que todas las fotos hayan sido repartidas en esas cajas de cartón. Están cortadas. Unas con tijera, otras con las manos, habiéndoles arrancado un pedazo, con saña, con odio, con dolor. Repartidas en las cajas. Todas. Nada me impresiona más que estas imágenes. Quisiera arrodillarme y juntar los pedazos. Juntar nuestros pedazos. Volver a armar los rostros, las sonrisas, la memoria. Salvar lo que fue de las garras de lo que es. Salvar lo que fue de la furia de hoy, de los aullidos, del llanto. En ellas está la historia, los atardeceres, las sonrisas, las pieles, los hijos, la celebración de la vida. *Lejaim!* ¿Tenemos derecho a ensuciar el pasado, a destruirlo? ¿A hacer de él una foto de la que se arranca la felicidad? La memoria no existe sin su relato y ese relato va cambiando permanentemente; revisitamos el pasado para adjudicarle luces y sombras que son creadas por nuestra mirada de hoy. Transformamos esas imágenes, las leemos de otro modo, les damos un valor diferente al que le dábamos años antes, o meses antes. Cada uno hará su relectura.

Dejemos lo impersonal, no tiene sentido ya la renuncia a la primera persona: cada una de nosotras, cada una de nosotras dos, tú y yo, haremos lecturas diferentes de esas imágenes. Para las dos será doloroso. Para las dos estará siempre en ellas la muerte, como dice Barthes. *Memento mori*. Cortarlas, romperlas, es imponer una sola lectura, es cancelar las miradas futuras, es condenarlas a la única dimensión de la condena. Ahora me resuena la palabra "silenciamiento". Se silencian las otras interpretaciones, las otras lecturas, la nostalgia, el amor. Queda lo agónico. La violencia. Silenciar es impedir la palabra del otro. Silenciar es borrar mi voz, mi cuerpo. Hacerlos desaparecer de la historia. Un escalofrío me atraviesa la piel. Hija también de los que no están, de los que murieron al sur de todos los sures —cancelados, silenciados, borrados—, un escalofrío me atraviesa la piel. No abro las cajas. Las encimo. Una sobre otra algún día dejarán de ser memoria del horror. Algún día volverán a tener la suavidad de las caricias cómplices, el recuerdo del gesto amoroso.

Era una noche de tormenta. Decidimos por eso quedarnos en la oficina. Finalmente ése era un lugar nuestro. No tuyo o mío. Nuestro.

Todavía puedo sentir el estremecimiento ante esas caricias recién estrenadas.

Una noche de tormenta, sobre la alfombra, cubiertas con los abrigos, fuimos lo que siempre quisimos ser.

Cada tanto todavía lo pienso. Poco.

Todavía duele el aire.

El tema es tan viejo como la humanidad. De ver rojo a ver verde. "Oh! mi señor, cuidado con los celos. Son el monstruo de ojos verdes que se burla de la carne de la que se alimenta", escribe Shakespeare en *Otelo*.

En los celos lo imaginario es tan real como lo real. ¡O más! Su gran problema es que no necesitan de la realidad para crecer. Basta la manija mental. Una de las novelas más geniales que hay sobre la ferocidad de los celos es *Delirio* de David Grossman. Durante doscientas páginas una no sabe si lo que el marido narra con lujo de detalles —los encuentros que a lo largo de diez años su mujer ha tenido con otro hombre. ¡Todos los días!— es real o sólo es una construcción imaginaria del celoso. ¿Existen realmente esos encuentros? No importa. Lo que es real es la tortura que vive.

¿Se acuerdan de una película de Claude Chabrol con Emmanuelle Béart y François Cluzet que se llama precisamente *El infierno*? Una joven pareja, Nelly y Paul, pone un hotelito en un pueblo, y lo que iba a ser una vida idílica se transforma en una pesadilla por los celos enfermizos de él. Nada que verdaderamente ponga en riesgo la relación pasa fuera de su cabeza. Pero cualquiera sabe que la cabeza puede ser infinitamente peor que cualquier realidad.

No hay explicación que tranquilice al celoso. Nada que le dé seguridad. Nada que lo saque de su obsesión.

La mayor parte de la violencia intrafamiliar en contra de las mujeres tiene que ver con esto. No te pongas minifalda. No uses una blusa tan escotada. No bailes así. No mires a ningún otro. A ninguna otra. Que no te miren a ti. No llames la atención.

Viví dos rupturas amorosas en la vida marcadas por frases similares:

En la primera, la frase clave fue: "Tu libido ya no está puesta en esta relación". Mucho psicoanálisis de por medio, pero los celos eran iguales a los de un camionero.

En la segunda:

X: Estuviste con alguien.

Yo: No, no estuve con nadie.

X: Pero pensaste en alguien más.

Yo: No, no pensé en nadie más.

X: Pero dejaste que alguien más pensara en ti.

No mires a ningún otro. A ninguna otra. Que no te miren a ti. Que no te piensen.

No importa que jures amor, que hables de los años compartidos, de los proyectos, de las risas, del pasado y del futuro. Nada importa. El monstruo de ojos verdes se ha desatado.

¿Adónde quieren regresar las tortugas? ¿A qué hogar? 500 millones de años, dicen, deseando el regreso al lugar en que han nacido. Allí está nuestro cerebro reptiliano. La ciencia sostiene que no hay nostalgias: puro presente. ¿Quién puede creerlo? ¿Podría haber deseo de regreso sin nostalgia? "El regreso" bautizaron mis padres a su casita del Tigre. Allí frente al río, en ese paisaje que eligieron como hogar, son los lagartos lorquianos.

Entrar en otros miedos. Explorar otras pieles que tiemblan, otras bocas secas, otros corazones que estallan dentro del pecho. Mi miedo es de privilegio: aunque me haya quedado sin casa y sin trabajo, aunque las amenazas y las mentiras me rodeen. Aunque un punzón se me clave entre las costillas y muera desangrada en las escaleras a las 10:10 de una noche cualquiera (unas converse negras, el olor a vetiver). Salir de mí, salir de mi historia. Vengo de otra parte. ¿Sirve contar lo que viven otras mujeres? ¿Sirve para algo poner en palabras las pesadillas de las demás? ¿Las indígenas? ¿Las jóvenes de la maquila? ¿Las migrantes? El miedo. Siempre.

"Salimos con una mochila de ropa y otra de sueños —Paola toma aire y con la palma de la mano ahuecada sube el brazo lentamente para decirlo—. Con cada obstáculo que encontramos se va yendo la motivación, pero pensamos en nuestras familias y seguimos luchando, porque si tuviéramos todo en nuestro hogar, no tendríamos por qué estar aquí."[4]

---

[4] http://www.animalpolitico.com/2014/06/suplicamos-mexico-que-haya-mas-muertes-4-historias-de-mujeres-migrantes/

Vienen de Guatemala, de El Salvador. Paola es de Honduras; allí se quedó su niña de tres años: "necesita tantas cosas…". Está con la abuela. Otras mujeres viajan con sus hijos pequeños. "¿Cómo me subo al tren con él?", dice mirando a Joaquín de cuatro años. "Tres veces he intentado cruzar. Una hasta me tuvieron secuestrada más de veinte días, con otros guatemaltecos."

Camino, leo, oigo las historias. ¿Con qué derecho hablo después de escuchar a Manuela? Tiene 69 años. La edad que tenía mi mamá cuando murió. Quiere encontrar a Cecilia, su hija. La última noticia que tuvo de ella fue que había conseguido trabajo en Indiana. Pero ha pasado más de un año desde la última llamada.

Entrar en otros miedos.

¿Contar la historia ayudaría? El relato ordena. Alguien me sugiere: "Cambia los nombres. Muchos escritores lo hacen. Cuenta tu propia historia como si fuera de otra". ¿Contar en tercera persona? ¿Psicodrama? Tal vez. ¿Quién quiere hacer mi papel? ¿Y el otro? El pudor. El miedo al ridículo. La absurda sensación del absurdo. Nada más absurdo que las palabras de una puestas en boca de alguien más. "Yo quisiera ser tu amante." ¡Por favor! ¿Quién me escribe los diálogos? ¿Corín Tellado?

Leo sin parar novelas de rupturas. No, no he llegado a Corín Tellado. Todavía. Pero sí a *La mujer rota*, a *Solitario de amor*, a *La intemperie*. Para inspirarme, me digo. Me miento. Para regodearme en la tristeza ajena. En otros dolores. En otras incertidumbres. Para sentir que al final de cuentas esto no estuvo tan grave. Que sobrevivo. Sobrevivo rodeada de novelas de amores fracasados. Otros se rodearían de cervezas. O de chocolates. Yo tengo estos libros alrededor. Por lo menos no engordan.

Nadie se casa, se junta, se arrejunta, se "amasiata" (?), pensando que la relación va a fracasar.

Nadie se jura amor eterno, ni cuidarse en la enfermedad y en la salud, en la pobreza y en la bonanza, pensando que algún día todo aquello se terminará. Nadie acepta vivir una vida de a dos imaginando que ese otro ser —el único que conoce nuestro rostro al despertar, el que sabe qué nos duele de verdad, qué nos lastima, qué nos hace llorar, con qué anécdotas nos carcajeamos y cuál es nuestro gemido más profundo—, que ese otro ser, decía, que hasta ayer sentíamos parte de nosotros mismos hoy puede transformarse en nuestro enemigo. En el peor.

Pero pasa. Un día recibes un mensaje, incluso un whatsapp como si fueras una adolescente, y tu vida da un vuelco. Ya no tienes ahí tu hogar, ya no eres bienvenida. Serás en adelante Hester Prynne obligada a usar una letra escarlata.

¿Contar la historia? Los nombres pueden ser cualquier nombre. Fui también la mujer rota. Simona y las infidelidades nos mostraron el camino. El hombre. El traidor. El mujeriego. ¿También nosotras? ¿No tendría que ser diferente? Desde la cima del poder, dios padre castiga. También ella fue dios padre, dolida, ofendida, herida. ¿Debería nombrarla en segunda persona? ¿Debería ser Oscar Wilde escribiéndole a Bosie en *De profundis*? "Nuestra trágica amistad, en extremo lamentable, ha terminado para mí de un modo funesto, y para ti con escándalo público." Sólo que aquí yo soy la que porta la A; aquí yo soy Hester. Soy la del escándalo público. Nadie pregunta. Nadie escucha. Nadie quiere saber. ¿Para qué? Lo que importa es el murmullo hiriente, el comentario, el chisme. ¿A quién no le gustan los chismes? "¿Ya te lo había contado?" "No dejes que me repita." Me pongo obsesiva con este tema. Será porque todavía no entiendo bien qué pasó. Tampoco sé si algún día lo entenderé, pero por ahora no puedo dejar de preguntármelo. La respuesta son estas páginas. La respuesta que no es respuesta. Sólo un darle vueltas a la noria. ¿Para qué?

Como hormigas que te van horadando. El miedo. Alguien me cuenta esta historia: en una excursión por la selva amazónica un hombre descubre con terror que le han aparecido larvas en las piernas. Millones de larvas que se ven bajo la piel blanca, casi traslúcida de escritor europeo. En una aldea lo rocían de gasolina y encienden un fósforo. No hay otra solución. No hay otra cura. El hombre se mira las piernas incendiadas. Quizás en ese momento piense en su muerte. En su cuerpo reducido a cenizas. En un instante el fuego se apaga. Las larvas desaparecen. El cerebro de reptil del escritor sólo desea volver a casa.

El desamor resulta impensable. Pero basta un gesto, una palabra, un hecho mínimo para que lo que parecía un tejido firme comience a aflojarse, a dejar asomar hilos sueltos por aquí y por allá. ¿Eso pasó? ¿Eso pasó y yo no me di cuenta hasta que sólo quedaron unas pocas hebras? Y ahora le doy vueltas a esta historia tal vez sin ganas realmente de desentrañarla. ¿Para qué serviría? ¿A quién le interesa que una se lama las heridas en público? Aunque la literatura está llena de textos de desamor. Los leo, los releo. Sólo me falta poner a José Alfredo y llorar. No necesito poner a José Alfredo para llorar. Lo confieso. Últimamente mi lugar favorito para llorar son los aviones. En los vuelos de regreso. Nunca cuando me estoy yendo. Me pongo los audífonos y los anteojos oscuros para disimular y dejo que salgan las lágrimas como si nada. *Se me pianta un lagrimón*, dice el tango. A mí se me piantan muchos lagrimones juntos. ¡Qué papelón! Sé que los vecinos de asiento me miran de reojo sin atreverse a decir nada. Con un kleenex voy secándome las lágrimas de a poco, como hacía mi abuela con el pañuelito que llevaba siempre guardado debajo de la manga (¿se usa eso todavía? ¿Hay mujeres que llevan pañuelos debajo de la manga? ¿Hay alguien que aún use pañuelitos de tela? Yo siempre tenía uno limpio y planchado en el bolsillo del guardapolvo blanco. Todos estaban bordados en alguna de las puntas; flores chiquitas casi siempre. Eran los que usaban las nenas. Lo lavaba cada día y lo ponía a secar pegado a los azulejos del baño. ¿Se usa eso todavía?). En los vuelos de regreso. "Volver a casa" en estos meses se ha convertido en una frase inasible. ¿Volver? ¿A qué casa? Basta de tangos. Sin embargo aquí estoy; rodeada de cajas, en un desorden que aún no logro controlar, pero en casa. Esta ventana desde la cual veo las ramas de los árboles y el pájaro que llega cada mañana son ya mi familia. Escribir sobre el amor y el desamor, y no ser José Alfredo, ni Le Pera, ése es el reto. "No sea llorona", escucho que alguien me dice. "Venimos de una estirpe de mujeres fuertes, no sea llorona." Al final la mía es una historia más; ni más dolorosa ni más terrible ni más violenta que otras muchas. El exilio, los abandonos, los muertos… Dale, pará, no seas llorona. Disimuladamente abro *La mujer rota*. Si Simona pudo…

"No puedo ir a mi pueblo", me dice Bere. "Está ocupado por el narco. Lo que quedaba de mi familia se fue. Unos se vinieron para acá, al DF; otros se fueron a la frontera. Tal vez ya estén del otro lado. La verdad es que desde que mi mamá murió ya no vemos a nadie. Pero, ¿sabes por qué me duele tanto? Porque ahí en Michoacán está enterrada ella, y no puedo visitarla."

Vuelvo a la historia que Bere me contó hace años, cuando todavía era mi alumna, y que desde entonces me obsesiona. Como si se me hubiera incrustado en el cuerpo. La he escrito otras veces, pero le sigo dando vueltas.

Un abuelo que fue "niño de Morelia". Una abuela purépecha. ¿En qué lengua hablarían? Muchos años después, un tiro en el pecho del abuelo sin patria y una nota: "Perdón les pido a mis vivos por dejarlos así. Perdón les pido a mis muertos por haber demorado tanto".

Lo que quiero decir es que esto ya lo viví. El miedo. Teníamos apenas quince años cuando empezaron a parar los colectivos y a hacernos bajar, apuntándonos con las armas. "¡Documentos!", gritaban. Los hombres de un lado, las mujeres del otro. Temblábamos. Y eso que aún no conocíamos las historias. Éramos todavía el pasado de un futuro aterrador. El de los treinta mil. El de las placas negras que acaricio en el Parque de la Memoria. "¡Documentos!" Nos rozábamos las manos, o los brazos, para saber que no estábamos solas. Mamá me decía siempre antes de que saliera: "¿Llevás el DNI?" El DNI en la mochila, el pelo recogido con vincha y hebilla, el guardapolvo a la altura de la rodilla, medias tres cuartos azules, mocasines, identificador con el nombre sobre el escudo de la escuela. Cuerpos disciplinados. Eso éramos. Lo único libre era el nombre del colegio: Escuela Nacional Normal Mixta Gral. José Gervasio Artigas, San Fernando. ¡Artigas! Aprendíamos el himno del general de hombres libres (*El Padre nuestro Artigas / señor de nuestra tierra / que como un sol llevaba / la libertad en pos*) y el himno uruguayo, claro (*Orientales, la patria o la tumba.*

Libertad o con gloria morir), mientras al otro lado del Río de la Plata la represión ya había comenzado. La patria o la tumba.

"¡Documentos!" Ni nos mirábamos al bajar. Sólo el roce de las manos o los brazos. Éramos todavía el pasado de un futuro que ya estaba ahí. El huevo de la serpiente. Nos dejaban ir. Silencio total adentro del 365. El miedo nos ahogaba las palabras.

> *Levántate y ve a la ciudad asesinada*
> *y con tus propios ojos verás, y con tus manos*
> *sentirás*
> *en las cercas y sobre los árboles y en los muros*
> *la sangre seca y los cerebros duros de los*
> *muertos...*

Bialik le cantaba a Odesa. Quizás viviera en la misma calle en que nació mi abuela, como los padres de Margo Glantz. Pero estábamos en Buenos Aires, era 1975, y habían pasado setenta años de aquellos pogromos que hicieron que sus padres y mis bisabuelos cruzaran el Atlántico. "No puede ser", decía mi abuela, comunista convencida, cuando le contábamos lo que pasaba. "No puede ser, no puede ser." Ella llevaba grabados en los huesos los gritos de los cosacos. La memoria del cuerpo. Como el gen maldito de nuestras mujeres.

Una vez vimos cómo se llevaban a un hombre. Debía ser obrero de alguna de las fábricas de

70

la zona. De la Ford tal vez. Después nos enteramos que en la planta de Pacheco había funcionado un centro clandestino de detención. Era tan cerca de casa que me da escalofríos pensarlo. Podría haber sido paciente de mi papá, o el tío de alguna de mis compañeras de la primaria.

Esa tarde nos paramos en la banquina. Acabábamos de cruzar el río Reconquista. Yuyos, basura. El río bajo. El olor a podrido. Ya sabíamos lo que seguía. Buscamos el DNI. Catorce millones quinientos noventa y un mil ochocientos setenta y nueve. No había nadie que no se supiera el número de memoria. Hace más de cuarenta años que no tengo que decirlo, pero no se me olvida. Como nuestro primer número de teléfono: siete cuatro cuatro seis cero nueve seis. El número de la casa a la que nunca volvimos. Bajamos. A los hombres los pusieron de espaldas a nosotras, con las manos en alto contra la chapa pintada de azul del colectivo. "La Independencia", decía. Era el nombre de la compañía. Lo juro. Puente Saavedra-José C. Paz-Luján. Los palparon de armas y a uno se lo llevaron.

Así, como si tal cosa, subimos al colectivo todos menos uno. Nunca lo había contado. Clase 60: no fui protagonista de nada. Apenas testigo inconsciente del modo en que se naturalizaba el espanto.

Esto ya lo viví. El miedo, digo.

Pero el principio nunca es el principio, claro. O no de manera definitiva. Porque, ¿dónde inicia una historia? ¿Dónde inicia una vida? Alguien me contaba hace pocas semanas que había mandado una gotita de saliva a no sé qué país del mundo para que, a través de diversos análisis, le dijeran de dónde venía. Las empresas que se dedican al tema ofrecen "Porcentaje de origen en un mapa mundial" considerando 2000 años de historia, o incluso "Haplogrupo y pueblo de origen, linaje materno o paterno (de regreso a aproximadamente 100,000 años)". ¿Para qué sirve hacerse un análisis de este tipo? Para demostrar que todos somos migrantes, que no hay razas puras, y otras cosas vinculadas a una ética de la hospitalidad, la tolerancia y la mezcla (pienso yo desde un lugar tal vez de ingenuidad). O para escribir un libro como lo hizo Rafael Argullol en *Visión desde el fondo del mar*.

Usted pertenece al mitogrupo u5, el cual forma parte del supermitogrupo u. Todos los miembros del u5 pueden rastrear su ADN mitocondrial hasta llegar a una única mujer

72

que, se supone, vivió hace unos cincuenta mil años, probablemente en algún lugar del Próximo Oriente. Esta mujer se incorporó a un colectivo de cazadores nómadas que colonizó Europa y parte de Asia varios milenios antes del inicio de la agricultura, ocurrido hace diez mil años aproximadamente. De acuerdo con muchos científicos el mitogrupo u5 estaba presente entre los primeros seres humanos que se establecieron en Europa.

¿Dónde inicia una historia? He hablado del amor y del desamor. Podría también remontarme a los últimos cincuenta mil años, al nomadismo de aquella Eva primigenia, para pensar en mis abuelos migrantes o en mi propio exilio.

Suele volver la imagen de mis abuelos rusos cuando eran niños que cruzaban el Atlántico en la tercera clase de un barco. Pero ambos —Roberto con sus trece años y Luisa con sus nueve meses— tenían ya en ese momento una memoria inscrita en la piel. Una memoria hecha de música, de un *violoncello* amado, de baños entre los hielos, en el caso de él; de revolucionarios y poesía, en el caso de ella. Y de la violencia de los cosacos. ¿Cuánto de todo eso está inscrito también en mi propio cuerpo? No puedo ir mucho más allá en el tiempo. Imaginar un poco la vida de sus padres, quizás. Ningún elemento para imaginar la de sus propios abuelos. ¿Los nombres, tal vez?

Creo que ni siquiera eso. Como escribe Margo en el comienzo de *Las genealogías*, "Yo desciendo del Génesis, no por soberbia sino por necesidad". Ahí están los bisabuelos y los tatarabuelos y los tatarabuelos de los tatarabuelos. Raíces judías las de ella y las mías: los Schifrin, de Minsk, músicos y religiosos; los Paley, ucranianos de Odesa, comunistas y ateos. Culpables por igual a los ojos del zar. Algún día me gustaría contar esas historias.

O las de los bisabuelos italianos: los Laurenzano de Cosenza, los Ferro de Génova. El sur y el norte. La ópera y la azada. Los mares.

Y de esa mezcla vengo. Mezcla de sangres, mezcla de lenguas.

¿Cómo eran los hogares que dejaron? ¿Cómo era la vida? ¿Qué pensaban? ¿Qué soñaban? ¿A qué le temían? ¿Cómo fue la llegada a la nueva tierra? ¿Qué contaban a sus hijos? ¿Qué callaban?

¿Dónde inicia una historia?, pregunto.

No hace cien mil años, ni dos mil, ni quinientos. Ni siquiera hace tres.

Ni Europa, ni el Génesis, ni la colonia Roma.

La historia, esta historia, como todas, empieza en el silencio.

Explorar el deseo. Explorarlo como si fuera una selva ignota: poner pie allí por primera vez y dejarme llevar por el entretejido de caminos y veredas que se abren entre los mil tonos de verde.

Explorar el deseo como se explora un nuevo continente; trazando mapas, imaginando ciudades, descubriendo vestigios, inventando mitos.

Explorar el deseo como se explora el universo: mirando las estrellas, los planetas, los soles más lejanos. Buscando en última instancia la música de las esferas.

Explorar el deseo como se explora el cuerpo amado: con minuciosidad, con lentitud, con la curiosidad de un entomólogo. Poniéndolo bajo la lente del microscopio para aprenderle todos sus resquicios. Añorándolo antes de tiempo. Recorriéndolo con la lengua. Oliéndolo, sorbiéndolo, saboreándolo.

Olvidar el miedo.

Me despierto y siento un hueco en el estómago. Miro por la ventana. Respiro. Respirar puede no ser un gesto automático. Pongo mi cuerpo
todo en ello; a conciencia: el aire entra y sale,
de a poco, tratando de evitar las zonas doloro-
sas, tratando de evitar las zonas de los recuerdos.
Tanto hablar de la memoria para venir a caer en
esta búsqueda que me lleve al olvido, a la ausencia de todo aquello que tenga que ver con otra
vida.

Andar los caminos del desamor es un viaje
extraño: al fondo de mí misma queriendo no en-
contrarme.

Tengo que contar una historia. No hay otra
cosa que importe. Muchas historias para salir del
encierro de mi propia piel. O para ser capaz de
descubrirle un nuevo sentido. Un nuevo deseo
que me inunde completa, que me haga olvidar
puertos conocidos. Una historia de amor y desamor, y viceversa. Prefiero viceversa.

Tengo que contar una historia. Nombres, lugares, acciones. Algo más que estas palabras que
van apareciendo desde los quiebres. Algo más.

Pudo haber pasado
pude haberme sumergido completa en tu
  piel
pude haber aprendido idiomas antiguos
para susurrarte todas las historias
pude haber bordado entre tus piernas
el relato de mi desconsuelo
pude haber muerto en tus brazos
        después de la peor de las batallas
o rastreado en tus ojos la huella de otros via-
  jes
pude haber llorado ante los siete mares
        las manos cubiertas de musgo
          como un barco hundido hace
  mil años
pude haber sido la que te arrullara cada no-
  che
y repitiera contigo los nombres secretos...
Pudo haber pasado
pero estoy sin cuerpo y sin palabras
sin la voz que me heredaron mis abuelas
sin las migas de pan que marcaban el ca-
  mino
Pudo haber pasado como pasan
los ríos
        y el viento

Dos chicas de trece años se suicidaron en Michoacán. Se habían enamorado, pero las presio-
nes de la familia, de sus compañeros, de la gente

que las rodeaba, las llevaron a preferir la muerte juntas que la vida separadas. Ese suicidio me hizo pensar en mi miedo a mis propios trece años. O no. El miedo llegó después.

Hasta que un día apareció la piel que me hizo olvidar todo aquello que no fuera mi deseo de sumergirme en ella.

Tengo que recordarlo.

Intento protegerme detrás de otras historias, de otras páginas, de otros cuerpos. Intento aprender: ¿cómo sobrevivieron las demás? ¿Qué hicieron con el dolor, con la tristeza, con el desasosiego? Sigo el consejo de los nombres. Ella será X (ya lo dije). ¿Demasiado anónima? ¿O demasiado nacionalista, tal vez? Yo seré Yo.

X tiene casi cuarenta y cinco años cuando comienza la historia. Un ex marido (de toda la vida), una amante (casi de toda la vida), hijos. Belleza e inteligencia. El príncipe azul versión arcoíris. Pero tiene, sobre todo, una piel dulce y tibia, piensa Yo.

Yo, por su parte, está a punto de cumplir cuarenta. Llega con un marido que pronto será ex y una hija. Ninguna historia con una mujer.

Se enamora como una loca.

Reconoce su deseo, dicen los psicoanalistas. Ya era hora, piensa ella. El susto le dura apenas un instante. Es feliz. Mucho. La felicidad dura mucho más que un instante. Dura más de quince años.

No hay demasiadas novelas sobre amor entre mujeres. Muchísimas menos sobre rupturas entre mujeres.

No deberían existir las rupturas. Nunca. Las historias tendrían que terminar como cuando éramos chicos: "Fueron felices y comieron perdices". Punto. Nadie nos enseña lo que viene después.

Por ahora Yo piensa que la piel amada y las palabras llegan juntas. Piensa en la tibieza. Piensa en espirales de deseo.

En lo que no piensa es en el poder de X. Ése que hoy la hace respirar miedo.

Un poder pequeño, pero suficiente en un entorno de seres pequeños. Y ambiciosos.

Un animal herido reacciona con violencia. Pero sólo los seres humanos somos capaces de imaginar una herida donde no la hay.

Las converse negras. Las escaleras. El vetiver. Un estilete que se clava en la carne a las 10:10 de la noche.

Kintsugi (en japonés: carpintería de oro) o *Kintsukuroi* (en japonés: reparación de oro) es el arte japonés de arreglar fracturas de la cerámica con barniz de resina espolvoreado o mezclado con polvo de oro, plata o platino. La filosofía en que se sostiene plantea que las roturas y reparaciones forman parte de la historia de un objeto y deben mostrarse en lugar de ocultarse, incorporarse y además hacerlo para embellecer el objeto, poniendo de manifiesto su transformación e historia.[5]

5:30 de la mañana. Abro los ojos e inmediatamente enciendo el teléfono para revisar el correo. Casi de manera automática, pero con la certeza de que no puedo estar haciendo otra cosa más que ésa, porque durante un instante —no: durante la milésima parte de un instante— estoy segura de que allí encontraré un mensaje de mi mamá. La escena podría ser la de cualquier adicto al internet. La diferencia es que mi madre murió hace doce años.

---

[5] Monika Kopplin, et al., *The Aesthetics of Mended Japanese Ceramics*, Herbert F. Johnson Museum of Art, Cornell University, Ithaca NY, USA, 2008.

Claro que a veces son necesarios rostros, nombres, espacios reconocibles, para seguir contando. "Tienen el dolor metido en los huesos", me dice María Luisa. Y esa frase me da vueltas tiñéndome de gris oscuro las entrañas. El dolor metido en los huesos. Son tres chicos salvadoreños. Ella los escuchó. Venían en "la Bestia". "Estaba amaneciendo y mi mamá me acompañó a las afueras del pueblo. Te vas, me dijo. Aunque se me rompa el corazón." El gris oscuro en las entrañas. Los huesos. "Voy a pasar todo lo que tenga que pasar. Voy a seguir aguantando para que mis hermanos no tengan que vivirlo", dice el otro, gorra de los Dodgers y sudadera desteñida. María Luisa me lo cuenta y también ella tiene el dolor metido en los huesos. El miedo. El corazón roto. Tenemos que contarlo, pienso. Yo que no he sentido las manos hurgando en mi cuerpo, que no me he arrastrado por el polvo del desierto, escucho las historias mientras las entrañas se me tiñen de un gris oscuro. Escribo nombres, edades. Raúl, 18. Víctor, 22. Araceli, 20. Y siempre es Ajmátova la que tengo frente a mí.

En los terribles años de Yezhov hice fila durante diecisiete meses delante de las cárceles de Leningrado. Una vez alguien me "reconoció". Entonces una mujer que estaba detrás de mí, con el frío azul en los labios y que, evidentemente, nunca había oído mi nombre, despertó del desasosiego habitual en todas nosotras y me preguntó al oído (allí todas hablábamos entre susurros):

—¿Y usted puede describir esto?

¿Puedo? Raúl, Víctor, Araceli que dejó un bebé de un año con su madre. "Quiero que tenga todo lo que yo no tuve." La *bobe* lo traía consigo. Era mi abuela: nueve meses y la arrullaban en idisch.

Los hechos podrían ordenarse más o menos así:

1. Compro un aparato para ver películas y lo registro con mi nombre y contraseña.
2. Quien encienda la tele puede conectarse y ver lo que quiera. Incluidos todos mis archivos: correos, fotos, documentos, etcétera.
3. ¿Sigo?
4. Yo (o sea: yo) estoy de viaje.
5. X pasea con curiosidad por mis correos, fotos, documentos, etcétera.
6. Mi amiga Nik, que es una mujer sabia, me dijo alguna vez: "Ninguna pareja sobrevive a una revisión de correos". Yo la miré canchera, hasta con cierta soberbia. X y yo no teníamos nada que ocultar.
7. Yo olvidaba al monstruo de ojos verdes.
8. X encuentra un mensaje que recibí (ojo: no lo mandé. Lo recibí), y le parece demasiado cariñoso.
9. Ve rojo.
10. Manda whatsapp: "Ahora entiendo todo".
11. Yo no entiendo nada.

12. Fin de la historia de amor.
13. Principio de la historia del miedo.

Recuerdo de pronto esa frase que dice Monsi que dijo Umberto Eco: "ya no se puede decir 'Te amo' porque la otra persona sabe, y uno sabe que la otra persona sabe que eso ya lo dijo Corín Tellado. Lo que se puede decir, es 'como dice Corín Tellado: te amo'."

Una sabe que ella sabe que una sabe… Así vivimos: mucho Eco, poco Corín Tellado. ¿Y? Saber —una sabe que ella sabe, etc.— no evita el dolor, no evita la sensación de piel desgarrada, no evita las noches en vela dándole vueltas a cada imagen de los últimos ¿cuántos años? No evita el subibaja en que se balancean la tristeza y el enojo. No evita la pesadez de los huesos; una tonelada en cada paso. Ella sabe que yo sé ¿qué? ¿Qué pasó realmente? ¿Qué nació y qué murió en estos pocos meses? De la tibieza de los cuerpos que aún se encontraban, al sacudimiento feroz del odio en sus pupilas. Se desdibujan entonces los mapas, no hay caminos que se abran, únicamente una tormenta que hará de nosotras náufragas desesperadas.

¿Sólo yo manoteo para mantenerme a flote? ¿Sólo yo vuelvo a buscar las palabras que me permitan sostenerme mientras se tranquilizan las aguas? ¿Cuántas más desde el principio de los tiempos han naufragado? ¿Cuántas se debaten hoy en sus propios mares procelosos? Lo sé: como Corín Tellado, o como Eco, las otras historias tampoco me sirven. Recordarlas es un simple e inútil ejercicio de sobrevivencia.

Empiezan a escucharse los primeros ruidos de la ciudad (¿dije ya que escribo al amanecer?). Aparece el pájaro de cada mañana. Aquí no hay cielos, ni horizonte: hay unas pocas ramas que apenas entreveo por la ventana, y ese pájaro. El mundo sigue siendo mundo. Aún para el más desesperado de los náufragos. También suena cursi. ¿Será que a diferencia de lo que decía Tolstoi —aquello de "Todas las familias felices son iguales; las infelices lo son cada una a su manera"—, los que estamos hundidos en las arenas movedizas del desamor nos parecemos? Los infelices somos iguales a otros infelices. El naufragio nos ha dejado las mismas cicatrices en la mirada.

Un enorme tatuaje. Para que lo vean todos. Señalar es siempre divertido, han dicho. Aunque la piel sangre. Es culpa del punzón. ¿No lo sabías? ¿No querías acaso andar el desamor? Algún día serán sólo cicatrices. Como la herida que dejó el picahielos. Como el miedo que se arrastra entre las piernas. ¿O pensabas en la ruta del deseo? Homenaje sagrado a un animal moribundo. Ofrenda. Rojo sobre rojo es hoy leche negra. *Leche negra del alba*, escribió Celan. Miedo del propio miedo. Un puente, un río abajo, y la memoria que nunca se detiene.

La ducha está abierta. Tania tiene a su bebé en brazos. Le gusta bañarlo así. Pegado a su cuerpo. Sintiendo la piel suave y dulce de su hijo contra su propia piel. Hace unos meses que repite el ritual cada mañana. Puro placer en esos pocos minutos: carcajadas del niño, juegos, mimos. Menos hoy. Hoy Tania llora mientras sostiene a un desconcertado Teo bajo el agua. Tampoco ella entiende qué le pasa. Tendría que ser un día de felicidad: el pequeño está cumpliendo once meses.

Once meses.

Ésa era la edad justa que tenía Pável, el hermano de Tania, cuando su padre fue secuestrado. Sara, la mamá, tenía cinco meses de embarazo, faltaban aún cuatro para que naciera Tania.

Rafael Ramírez Duarte fue secuestrado por la Brigada Blanca y llevado al Campo Militar Número Uno donde lo torturaron salvajemente delante de tres de sus hermanos y de un primo. Otro de sus hermanos, Juan, fue acribillado meses después frente a un mercado.

Rafael estudiaba Economía en la UNAM y militaba en la Liga Comunista 23 de septiembre. Nunca más apareció. Era el 9 de junio de 1977, la

89

negra época de Miguel Nazar Haro, titular de la Dirección Federal de Seguridad, al que llamaban "El sanguinario".

Tania niña se ponía la ropa de ese padre al que nunca conoció para saber cómo olía. Preguntaba si le gustaba el café con azúcar como a ella, o si jugaba al futbol. Se imaginaba que le enseñaba a andar en bicicleta y que le contaba cuentos antes de dormir.

Con el retrato de su padre colgado al cuello, acompañaba a su mamá y a su abuela a reunirse con las "Doñas" —como se llamaban a sí mismas las mujeres que buscaban a sus hijos víctimas del terrorismo de Estado— frente a la Catedral de la Ciudad de México.

"Apostaron a arruinarnos, a aniquilarnos, a vernos llorar, y nosotros apostamos a disfrutar de la vida como expresión de radicalidad política. En la alegría hay una forma de victoria."

"Soy hija de un desaparecido", me dijo esa tarde después de la clase. Estábamos en la Facultad de Filosofía y Letras de la UNAM y yo había hablado de las dictaduras del Cono Sur. De las Abuelas, de las Madres, de los H.I.J.O.S. De las torturas. De los rituales imposibles. ¿Dónde rendirle culto a nuestros muertos? "Pero ¿naciste acá o allá?", le pregunté con ridícula ingenuidad. "Soy hija de un desaparecido de México", me contestó con orgullo.

En la sala de la casa familiar siempre ha habido una gran foto de Rafael acompañando la vida cotidiana de su mujer y sus hijos. A los treinta años de su secuestro Tania le escribió:

Papá, nos deben que podamos mirarnos a los ojos y entendernos sin mediar palabra. Nos deben los cumpleaños, uno mío por cada uno sin ti. Nos deben el cariño hasta la médula que ya nos tenemos, y abrazarnos yo colgada de tu cuello. Nos deben las fotos familiares con cuatro, siempre con cuatro. Nos deben treinta años de luchitas de almohadas y treinta años de besos de nariz. Nos deben a mi tío Juan y a mi tía Mary. Nos deben mi mano chiquita en tu mano. Nos deben treinta años de alegría, a ti, a Pável, a Sara y a mí. Treinta años por cuatro: nos deben 120 años de alegría.

Yo vivía el exilio. Tania esa ausencia.
¿Y los demás?, me pregunté.
No.
Me lo pregunto ahora mientras escribo.
No en 1977 cuando desaparecieron a Rafael. Tampoco en 1997 mientras hablaba de las dictaduras en un aula de la Facultad. Me lo pregunto hoy: ¿tú dónde estabas?

Amanece. Escucho a los pájaros que acompañan la transformación de la luz y pienso que es casi un milagro que en esta ciudad aún canten. Espero la llegada del mío, del que revolotea algunos minutos cada mañana entre las ramas del árbol que veo desde aquí. Me he vuelto dependiente de su saludo cotidiano. Sus movimientos rápidos, precisos, nerviosos, me dicen que el mundo es mundo y seguirá siéndolo. Frente a esa certeza, inamovible, sé también que a veces basta un instante para que las cosas cambien. O mejor dicho: para sentir que cambian. No estoy hablando de accidentes. Estoy hablando de procesos. Procesos largos cuya existencia nos invade cada día. Procesos que transforman las noches en una pelea contra el insomnio, y los amaneceres en el reencuentro con la ya conocida sensación de tener una moneda oxidada cerrándote la tráquea. Hasta que un buen día te despiertas y ya no hay moneda. Intentas respirar: respiras.

Ineludible: aparece mi madre. *Las manos de mi madre parecen pájaros en el aire*, dice una zamba. En la isla se hizo fanática de los pájaros. Aprendió sus nombres científicos, sus características, sus hábitos. Descubrió su pasión por la ornitología y se dedicó a estudiarlos con el mismo entusiasmo y delicadeza con los que lijaba la madera de sus obras hasta dejarla más suave que cualquier piel. Será por los pájaros, por los ríos del Tigre que se vuelven dorados cuando amanece, por la azalea debajo de la cual están sus cenizas, por la moneda en la tráquea, o quizás por los tiempos nuevos, lo cierto es que aparece hoy acompañando estas páginas que no sé bien hacia dónde van.

Lo único que tengo claro es que esto evidentemente "no es una pipa". Ni siquiera es un diario. Es un entramado de voces que me atraviesan; un entramado de historias, de miedos, de amores. Tomo decisiones. Busco. Investigo. Éstos son los tiempos nuevos. Tiempos de escucha. Algo sucede aquí, más cerca de lo que parece, como dicen los espejos retrovisores de los autos: "Los objetos están más cerca de lo que aparentan". Siempre he leído esa frase como lo que realmente es: una metáfora. Algo sucede: pasos, movimientos, cambios, pero también horror. Todo está más cerca de lo que aparenta. Podría cerrar los ojos. Los oídos. Podría quedarme callada. "Calladita te ves más bonita." Será por los pájaros, por la azalea y las cenizas, por la madera más suave que cualquier piel; será porque no me gustan los diarios ni las pipas, sino el vuelo de las manos de mi madre, que me pongo a hablar.

A veces la vida copia al arte, se dice. A veces la vida copia a la escritura, diría yo, o incluso a la intención de la escritura. Cuando eso sucede, cuando hay ciertos indicios, por mínimos que parezcan de que es eso lo que está pasando (lo que *nos* está pasando), deberíamos detener todo intento de ponerle palabras a lo que pensamos, a lo que sentimos. Deberíamos detener todo intento de transformar esa realidad en texto, en poema, en cuento, en novela. Como en un juego de reflejos en el que pasamos de sentirnos cómodamente identificados —elegimos escribir sobre aquello que nos es significativo por la razón que sea—, a sentir el halo de lo amenazante, la escritura se vuelve a la vez nuestra memoria y nuestra esfinge anunciando un futuro que no queremos conocer. Que yo no quiero conocer. Siempre me ha llamado la atención que haya gente que tenga tanto interés, tanta curiosidad por conocer su futuro. Van a que les lean las cartas, el tarot, la borra del café o las líneas de las manos, buscando respuestas a preguntas que yo sería incapaz incluso de pronunciar en voz alta. No es otra que la pregunta por la felicidad la que se formula en última instancia. ¿Seré feliz? ¿Será feliz?, nos preguntamos las madres mirando a la criatura que acaba de nacer. O como expresión de deseos: que sea feliz. Perseguimos ese sentimiento inasible que es la felicidad y hay quienes necesitan que los hados les confirmen que lo encontrarán en algún momento de la vida. Pero lo que los hados suelen hacer es confirmar los escollos que habrá que salvar en esa travesía hacia ese improbable "final feliz". "Fueron felices y comieron perdices", decía la última frase de los cuentos de mi infancia. *E dopo?* La vida no es más que un juego de serpientes y escaleras y yo me rehúso a saber qué número sacaré en la próxima tirada de dados. Quizás por miedo, quizás por cobardía; por la angustiosa sensación que me provoca imaginar que todo el futuro está ya establecido, escrito en algún lugar del universo. ¿Escrito por el dedo de dios como en el himno nacional mexicano? "Por el dedo de Dios se escribió." Por eso cuando la vida comienza a parecerse a lo que estamos escribiendo, deberíamos abandonar la pluma, el papel, el teclado de la computadora, e impedir que quien sea que habla a través de nuestras palabras (el destino, las diosas, el inconsciente) siga haciéndolo. ¡Shhhh! Silencio. No hablen. No me cuenten. No quiero saber. El *Heimlich* de Freud transformado en *Unheimlich*. Lo familiar vuelto siniestro. No quiero saber. No hablen. No me cuenten.

Mientras escribo, un pájaro revolotea alrededor de las ramas del árbol que veo desde mi ventana. Quiero creer que es el mismo que vi ayer y antes de ayer; quiero creer que él y yo ya hemos creado un ritual de reconocimiento cotidiano. Mi futuro hoy —ése que tanta gente busca en las cartas, en el tarot, en la borra del café, en las líneas de las manos— depende de este pájaro. Mi futuro hoy es la sola posibilidad de sentir que esta casa, chiquita y desordenada aún, es ya mi hogar. En mi juego personal de serpientes y escaleras sólo miro mi casilla del día. Ahora pienso que ese juego se parece más al ludo (¿parchís?) que jugábamos de chicos: la ficha salía de casa y tenía que intentar regresar a ella. Éramos entonces Ulises enfrentando al mundo para poder volver a Ítaca. No hay caso, por mucho que me esfuerce también yo vuelvo a los mismos temas. La salida, el viaje, el (im)posible regreso, las saudades. *Uno vuelve siempre a los viejos sitios donde amó la vida...*, dice una canción. Mis sitios son ésos, siempre. Pero hoy me dejan a la intemperie. Elijo la intemperie. En esta nueva casa no he puesto fotos ni cuadros. Como si las paredes blancas pudieran ser escritas desde cero. ¿Desde cero? ¿Yo, la obsesionada con la memoria? Encuentro una frase de Chantal Maillard que me cala hasta los huesos: "Una habitación pequeña, austera. Apenas lo necesario. Tras la ventana un árbol cuyas ramas se agitan con el viento. Toda la dicha que puedo anhelar en este mundo cabe entre este árbol y mis ojos. Esa paz. Y el rayo de sol que traza un rectángulo de luz sobre el algodón de la cortina." Y el pájaro.

Intemperie.
Ése es mi estado hoy.
Y ayer, y anteayer, y el día anterior.
Sin techo.
Sin mapas.
"A cielo descubierto", dice la Real Academia.
Pocas veces tan certera.
Intemperie.
"¡Te necesito y no estás aquí!"

Hay quien cree que es de huesos la ceniza
del húmero oscuro cantado por Vallejo
de panes amasados con olvido
de las voces que escondieron los arrullos
¿Podré volver al mar alguna vez
y cubrir con sal mi cuerpo incinerado?

No pienso. No puedo pensar. Adónde voy. Qué hago. A quién abrazo. Puro instinto. Lo más primitivo. Confiar en esa huella arcaica de la sobrevivencia. El miedo no me deja.

Soy y no soy yo misma.

Soy la niña que sobrevivió al pogromo. La que fue golpeada junto al Mediterráneo. La vieja que despidió el barco sabiendo que no volvería a verlos. La que quiso leer el libro prohibido. La que calló. La que no pudo abandonar su lengua. La que espera al otro lado de la frontera.

Soy la sangre de mi sangre. Ésa que vuelve y es siembra y cosecha. Nombres jamás pronunciados.

Están todas en el miedo. En la tráquea que se cierra. En el picahielos clavado en el lugar exacto.

A quién abrazo. Lo más primitivo.

Los sueños son oscuros. Negros. Duran apenas unos segundos. Vuelvo a abrir los ojos.

La huella arcaica.

Alguien debe haber escuchado el sonido del mar dentro de la caracola. Alguien debe haber rezado junto a las velas. Alguien debe haber temblado bajo la tormenta.

El picahielos. La tráquea que se cierra.

Adónde voy. Qué hago. A quién abrazo.

El pájaro vuelve como si lo nuestro fuera ya una cita. Necio como es, insistente, da vueltas alrededor de las ramas. Lo suyo es olvido. Instante.

La huella de la sangre. El baile que es rito alrededor de las ramas.

Alguien debe haber cancelado el silencio. Alguien debe haber orado inútilmente. Alguien debe haber deseado el mar.

Un final cutre. Una despedida cualquiera. Un accidente. ¿Me arrancarán los ojos y la lengua? La letra escarlata —*The Scarlet Letter*— pintada con mi propia sangre.

En el eco de mis muertes / aún hay miedo (Pizarnik). Que el miedo agudiza sus sentidos, dicen algunos, que los pone en estado de alerta, que los lleva a actuar rápidamente para protegerse del peligro real o imaginado. Otros nos paralizamos.

Para el psicoanálisis si el peligro no es real o la amenaza es menor a la reacción que despierta, estamos ante un "miedo neurótico". ¿Quién puede medir la intensidad de la amenaza sino el propio amenazado, Doktor Freud?

Podría escribir un poema como el de Raymond Carver:

> *Miedo de ver una patrulla policial detenerse*
>   *frente a la casa.*
> *Miedo de quedarme dormido durante la*
>   *noche.*
> *Miedo de no poder dormir.*
> *Miedo de que el pasado regrese.*
> *Miedo de que el presente tome vuelo.*
> *Miedo del teléfono que suena en el silencio*
>   *de la noche muerta.*
> *Miedo a las tormentas eléctricas.*

Miedo de la mujer de servicio que tiene una cicatriz en la mejilla.

Miedo a los perros aunque me digan que no muerden.

¡Miedo a la ansiedad!

Miedo a tener que identificar el cuerpo de un amigo muerto.

Miedo de quedarme sin dinero.

Miedo de tener mucho, aunque sea difícil de creer.

Miedo a los perfiles psicológicos.

Miedo a llegar tarde y de llegar antes que cualquiera.

Miedo a ver la escritura de mis hijos en la cubierta de un sobre.

Miedo a verlos morir antes que yo, y me sienta culpable.

Miedo a tener que vivir con mi madre durante su vejez, y la mía.

Miedo a la confusión.

Miedo a que este día termine con una nota triste.

Miedo a despertarme y ver que te has ido.

Miedo a no amar y miedo a no amar demasiado.

Miedo a que lo que ame sea letal para aquellos que amo.

Miedo a la muerte.

Miedo a vivir demasiado tiempo.

Miedo a la muerte.
Ya dije eso.

Mi lista empezaría con el nombre prohibido. ¿Miedo neurótico? Con la sensación dolorosa de los últimos meses. Con el abandono. O no: hay tantos miedos antes de ése. Tantos que hablar del abandono parece casi frívolo. ¿Estaré, sin darme cuenta, escribiendo un libro sobre la frivolidad? Miedo a la mirada que no va más allá de su propio ombligo. No es el ombligo, es el cuerpo todo en un espasmo. Los músculos tensos. El sudor: las gotas escurren. La boca seca. El corazón está tan acelerado que pienso que quizás me muera en este momento. No hará falta el picahielos. Será un éxito la operación. ¿Mata la adrenalina? El miedo que agudiza los sentidos, el que paraliza, ¿y el que hace saltar el corazón en mil pedazos?

No olvidar nunca: vengo de otra parte. Salir del ombligo.

Los músculos tensos. El cuerpo todo en un espasmo.

O ser hueso húmero en el desierto. Grito en las baldosas heladas. Caída en el río de los abuelos. Memoria que se hunde en el barro. No flotarás: el mandamiento.

Y el corazón que salta en mil pedazos.

Mapa de frontera a frontera sobre la piel.

El miedo a quedarme encerrada en mi propia historia. En el minúsculo canto a mí misma.

Sospechas, gritos, desamor. El cuerpo todo en un espasmo.

> *Miedo a despertarme y ver que te has ido.*
> *Miedo a no amar y miedo a no amar dema-*
> *siado.*
> *Miedo a que lo que ame sea letal para aque-*
> *llos que amo.*

Vengo de otra parte: grito en las baldosas heladas. Un río. Idiomas que se cruzan. Antes. No flotarás. Alguien camina sobre las aguas. ¿Lo han visto? Casi un niño. Catorce años.

Cuando lo conocí, Pablo tenía 14 años pero no representaba más de doce con su carita de pibe travieso, sus pecas junto a la nariz, sus ojos de chispazos, su cuerpo esmirriado. (…) En ese largo y fugaz mes que estuvimos juntos, Pablo me contó del Vesubio, de los presos trasladados desde allí que luego un comunicado oficial dio como "abatidos en combate", de su mamá, de quien no se despidió ("ella estaba en la cocina"), de la esperanza de que lo llevaran con su padre, de su vida en el mundo de afuera —el colegio, la natación, los hermanos, la abuela, los primos y el turf—, de sus amores y sus miedos. Habíamos encontrado una forma para hablar sin que se notara y con los ojos cubiertos, cada uno tirado boca abajo en la cucheta o arrodillándonos contra el tabique de madera que nos separaba. Lo doblaba en años pero nos cuidábamos mutuamente. Yo intentaba protegerlo, sobre todo alguna noche que despertaba lloroso, "soñé con mi mamá". Él también: cuando me contó que lo habían picaneado y me descontrolé, se desesperó por tranquilizarme, "tanto no me dolió", decía. (…) Se lo llevaron una tarde de fines de septiembre del 77. Yo venía del baño cuando en un instante vi que la puerta se cerraba tras él, que caminaba a ciegas, de la mano del jefe de guardia. Pensé que se trataba de algún trámite. Arriba, en "capuchita", los otros presos me dijeron que no, que se lo habían llevado y que Pablo pedía verme. Quise creer entonces que lo liberarían. ¿Quién podía enviar a la muerte a un chico de catorce años?[6]

Quién puede enviar a la muerte a un chico de catorce años. El "día que no fue" dicen mis primos: 7 años, 5 y 1. Entonces. Tampoco se despidieron de su mamá. Ellos volvieron. Ella no. Acaricio la placa de piedra negra en el Parque de la Memoria.

Alguien camina sobre las aguas. ¿Lo han visto?

---

[6] http://losniniosdejapon.blogspot.mx/2011/06/el-nino-que-camina-sobre-el-agua-por.html

Se los llevaron un día del 77. También a Pablo. El día que no fue. Quién puede enviar a la muerte a un chico de catorce años.

En el eco de mis muertes. "Tanto no me dolió", decía. *Aún hay miedo.*
Los músculos en tensión. El cuerpo todo en un espasmo.
Mapa de frontera a frontera sobre la piel.

Siempre había defendido el derecho de cada uno a elegir la cremación como el destino último del propio cuerpo. Me parecía un ritual límpido, laico pero no ajeno a lo sagrado ("Con el sudor de tu rostro comerás el pan hasta que vuelvas a la tierra, porque de ella fuiste tomado; pues polvo eres, y al polvo volverás." Génesis 3:19), una suerte de fin natural para aquello que de mortal tenemos. Si desde el Neolítico los seres humanos hemos destinado a las llamas los cuerpos amados, si Homero relata así el fin de Patroclo, si más allá de preceptos judíos y católicos, hoy nos parece un acto amoroso recibir las cenizas en una pequeña urna que quizás tengamos frente a nosotros como *memento mori*, como San Jerónimo tiene una calavera ante la página que escribe, ¿por qué ese 1 de septiembre no podía dejar de gritar que no, que no quería que el cajón con el cuerpo de mi madre entrara a las llamas del crematorio municipal?

Aunque también podría empezar no por el negro final de la historia de amor —un estilete clavado entre las costillas una noche cualquiera, en las escaleras de un edificio de la colonia Roma—, sino por el principio. Por la sensación que me nació en la piel —casi veinte años antes— de que estaba instalada en la vida equivocada: un matrimonio cálido con un hombre amoroso al que conocía desde siempre, y al que además quería y admiraba.

¿Y entonces?

Entonces: la revolución.

El deseo feroz de estar junto a ella. De compartir días y noches. De tener su tibieza al alcance de mi cuerpo. Siempre.

Hubiera querido vivir las dos realidades: la de la tranquilidad y la de la pasión. Las dos me hacían feliz. Y no se contraponían, pensaba. Pero en ese triángulo que se armó yo era, previsiblemente, la única que tenía esa idea.

"¿Con melón o con sandía?", me preguntaron, como en el juego infantil. Había que elegir. No había otra opción. Para disfrutar de ambas frutas tendría que haber mentido. Desde el comienzo. Como tal vez me había mentido a mí misma toda la vida. "Reconocer el propio deseo", Lacan *dixit*. Pero ¿quién dice que el deseo es sólo uno? Desde el jardín de infantes me enamoraba de mis maestras. También de mis compañeritos. Forma parte de la mitología familiar que tiré a Miguel Ángel de su sillita por querer darle un beso con demasiado ímpetu. Teníamos cinco años.

En primaria imaginaba pasar las vacaciones con algunas de las maestras en una playa solitaria. Si ustedes hubieran conocido a la señorita Beatriz me entenderían mejor.

¿Con melón o con sandía?

Una de dos, / o me llevo a esa mujer / o entre los tres nos organizamos, / si puede ser, cantaba Aute.

Pero no podía ser. La decisión ya la saben.

Lamenté haber lastimado a melón. Pero la vida con sandía valió la pena.

Hasta la noche del whatsapp.

Duele vivir lejos. No hay que pensarlo demasiado; como tantas otras cosas, hay que dejar fluir ese espacio tratando de no pensar lo que significa. Que no lastime. Que no marque la piel. Que los días transcurran sin que nos preguntemos por qué hemos decidido hacer una vida a más de diez mil kilómetros de las calles de la infancia, de la mesa familiar, de las risas que llegan en fotos cada sábado, de ese paisaje de ríos donde el agua tiene atrapadas mis raíces. *¿Por qué soy yo y no soy tú. Por qué estoy aquí y no allá?*, se pregunta Peter Handke, y una voz lo repite obsesivamente al comienzo de *Der Himmel über Berlin*, *Las alas del deseo*, una de las películas que más amo en la vida. *Por qué estoy aquí y no allá*. Duele vivir lejos. Pero nunca duele más que cuando la muerte se hace presente. Las casi diez horas de vuelo se vuelven eternas: quizás no llegue a darle un abrazo; quizás no pueda tenerle la mano para que ella no entre sin mí a esa otra realidad de ausencia. Para que yo no entre sin ella. Quizás no sea cierto todo lo que me dijeron. ¿Por qué moriría mi madre? ¿Por qué ahora que estoy en el otro extremo del continente? ¿Por qué ahora que no he dejado de ser su hija, que no he dejado de aferrarme a su cuerpo? ¿Por qué ahora que no he dejado de ser rastro de su sangre y de sus genes —ésos que hacen que mis uñas sean como las suyas, que hoy quiera acariciar el barro como ella acariciaba la madera de sus tallas—, de su memoria y de sus cada vez mayores olvidos? ¿Por qué ahora que dentro de un avión tengo que atravesar el cielo de esta tierra en la que de pronto ya no me reconozco? Nunca me han pesado más los diez mil kilómetros que en el asiento 7, fila C, de ese boeing 747 o 707 que además de todo hacía una escala, volviendo a la cordillera un muro de desesperación. De pronto no fui yo quien guardó unas pocas cosas en la maleta y salió corriendo hacia el aeropuerto después de la llamada de papá. No fui yo. O no del todo. Porque yo soy con ella. Por primera vez lo pienso con absoluta claridad. Sólo por un instante y con vergüenza. ¡Tengo casi cincuenta años! Apenas pronunciada esa frase se vuelve una masa informe de imágenes y sensaciones. Sólo por un instante y con vergüenza.

Levántate y ve a la ciudad asesinada
y con tus propios ojos verás, y con tus manos
*   sentirás*
en las cercas y sobre los árboles y en los muros
la sangre seca y los cerebros duros de los
*   muertos...*

Durante años me dio vueltas este poema.

Quizás menos por Bialik que por mi abuela.

Como si su exilio y el mío fueran uno solo.

Absurdo: ella tenía sólo nueve meses cuando subió en brazos de su madre al barco que la llevaría al sur.

Como si su miedo y el mío fueran uno solo.

En la piel, las huellas; vestigios de eso que no vio ni entendió.

Gritos.

Golpes.

El cuerpo de la *bobe* cubriéndola.

Y después —siempre lo cuento— los tangos más reos.

Muerta de la risa nos decía:

"Mi mamá me lavaba la boca con jabón cuando me escuchaba."

Garufa, pucha que sos divertido.

La moral comunista no permitía desvíos.

Al final de cuentas era una niña.

Y habían escapado de la ciudad asesinada.

Dos hermanas nacieron con la marca en las entrañas.

Al sur de todos los sures.

Dos hermanas que murieron antes de los veinte años.

Una, enloquecida, se colgó en una habitación del hotel de su padre.

Tenía ¿diecisiete?, ¿dieciocho?

Prohibido suicidarse en primavera, me regaló mi madre cuando yo era apenas adolescente.

El mensaje era claro.

La otra hermana pasó meses en el hospital.

La locura y el cáncer: las dos marcas de nuestras mujeres.

Pero también la risa, los tangos a pesar del jabón, los pinceles con colores brillantes.

Y las manos.

Fuertes.

Grandes.

Con venas oscuras que recuerdan más a las campesinas del Mediterráneo que a la raza del libro.

Tengo una foto.

Lo digo así porque es de las pocas que salvamos de nuestra propia ciudad asesinada. La del sur.

La *bobe* sentada (y yo que sueño con regazos tibios de mujeres, agradezco las caderas generosas) arropando a mi madre que entonces no era mi madre sino una niña de apenas seis o siete años.

Y el miedo parece tan lejano, tan ajeno.
Prohibido suicidarse en primavera.
Antes los gritos, los golpes, los insultos, en la ciudad asesinada.
La sangre seca y los cerebros duros de los muertos.
Después los gritos, los golpes, los insultos, en otra ciudad que agonizaba.
Había pasado más de medio siglo.
Habían cruzado el océano.
Habían reído y cantado en noches de vodka.
Más rusos que judíos.

116

Habían recitado largos poemas en idisch y en castellano.

Más porteños que rusos.

El río no era el mar pero se le parecía.

Ese mismo que luego fue tumba de tantos.

En el monumento que recuerda a los treinta mil voy acariciando los nombres de mi gente.

...y con tus propios ojos verás, y con tus manos sentirás... había escrito Bialik.

Como acaricio con un dedo el rostro de niña de mamá.

Una de las pocas fotos que salvamos.

Fuimos envejeciendo casi sin imágenes, mi abuela, mi madre y yo.

En el cuerpo los vestigios del miedo: semillas de cáncer y locura.

Pero también la ternura y la risa.

El olor a pan recién hecho.

Enraizadas en los cuerpos amados, no es fácil borrarnos de la faz de la tierra.

Leo una novela tras otra. Todas sobre rupturas. Tendría que escuchar tangos o boleros, sentarme con un tequila, con el aparato de música a todo volumen, y llorar de una estúpida vez. Llorar todo. Llorarme todo, dirían los argentinos. "Lloralo y cierra este proceso. Llórala", fue el último consejo que me dieron. Casi una orden. *Rodar y rodar*: el que sigue siendo el rey. "Llorar y llorar": yo. Pero no. Aquí sigo tratando de entender, repitiendo escenas, sintiéndome traicionada. Asustada. Dolida. Basta. Me doy vergüenza. Quisiera agregar "ajena" (¿se usa en otros países "vergüenza ajena" o "pena ajena", o sólo en México?). Ojalá. Ojalá fuera ajena.

Vuelvo a *La mujer rota*. ¿No le dio vergüenza a Simona? Fuma, escucha a Mozart y escribe en primera persona. Se siente libre. Pero ése es el cierre, aunque sea la primera página. Todos lo dicen: "Vas a ver lo bien que te vas a sentir". ¿Cuándo? ¿Falta mucho?, tengo ganas de preguntar, como cuando éramos chicos y salíamos de viaje en el auto. ¿Falta mucho? Y entonces mamá empezaba a cantar. "Ay, Carmela", "Bella, ciao", "Bandiera rossa"... Mi madre era una militante de la canción. Y después seguían las zambas, las milongas, María Elena Walsh… *Manuelita vivía en Pehuajó / pero un día se marchó*… Ay, digo yo ahora que me parezco cada vez más a esa tortuga con ganas de cruzar el mar, de enamorarme de "un tortugo que pasó", o de otra tortuga (una no aprende nunca). Dulce. Suave. ¿Falta mucho, mamá?

Afuera, sobre esa jacaranda que la suerte ha puesto junto a mi ventana, los pájaros parecen bendecir el día. Su alboroto tapa por un rato los ruidos de los camiones que se escuchan no tan lejos como yo quisiera. Me aferro a eso: a las flores —las jacarandas hacen que marzo y abril sean los meses más bellos en esta ciudad en la que escribo. *Al este y al oeste llueve y lloverá una flor y otra flor celeste del jacarandá*—, a los trinos de los pájaros, incluso al ruido de los autos que pasan. ¿No es muy ruidoso el nuevo departamento?, me preguntan. Y yo pienso que más miedo me da el silencio. Pero no lo digo. No aún.

Para Simona es septiembre. Maurice se va a un congreso a Roma. El placer de la libertad reencontrada. ¿Falta mucho?

"¡Te necesito y no estás aquí!", quiere escribir en un papel para que él lo vea al entrar. Antes de saber que él ya no entrará más que para decirle que aquel es el final. "¡Te necesito y no estás aquí!" ¿Cuántas veces he pensado alguna frase similar en los últimos meses? Te necesito porque tengo miedo. Porque te tengo miedo. Una noche cualquiera. Unas converse negras. Un picahielos.

Maurice ya no lee, ya no escucha música, ya no pasean juntos por París. Y ella imagina que es su profesión la que lo distrae de la vida. Sospecho que todas las mujeres les hacemos los mismos reclamos a los maridos. ¿También nosotras? "Curiosa cosa, un diario: lo que uno calla es más importante que lo que anota." Lo que se calla... Como siempre se cruza el tema del silencio. Por ahora lo dejo de lado. Por ahora.

"Sí, algo ha cambiado puesto que escribo acerca de él, de mí, a sus espaldas. Si él lo hubiera hecho, me sentiría traicionada. Éramos, el uno para el otro, una absoluta transparencia." La una para la otra. Unas converse negras. Un picahielos. La traición. "Si me engañaras, me mataría." Monique, *la femme rompue*. No morimos de pena. No nos matamos. Eso es lo más triste. Bajamos la cabeza, arrastramos los pies, el cuerpo pesa toneladas, el mundo se vuelve hostil, desconocido. Pero no morimos. Apenas lagrimeamos. Llorar de una estúpida vez. Llorar todo. Llorarme todo. Hasta la desaparición total. Hasta la desintegración de los propios huesos. Mucho tango. Mucho bolero. Demasiado.

"Me están serruchando el corazón con un serrucho de dientes muy agudos."

Llorar hasta el indigno hipo.

"Cambia los nombres, no es tan difícil", me dijeron. "Vas a ver qué bien te vas a sentir después." ¿Falta mucho, mamá?

Yo seré Yo. ¿Y ella? Como Monique, como Simona, una cree que busca la paz de la vida compartida: el dormirse al mismo tiempo y abrazadas, el despertar juntas, el primer café de la mañana, las charlas mientras nos arreglamos, ¿quién va al súper hoy? Se terminó el queso. O el jabón. El mundo se vive de a dos. ¿Rutina? Nos aferramos a eso. Habría que escribir una buena novela sobre el amor rutinario. No te cuestionas, no te preguntas… Sigues. Crees —como Monique, como Simona— que eres feliz. Hasta que un mal día encuentras tus cosas en la calle: decenas de cajas llenas de libros y papeles, bolsas negras con tu ropa, con tus zapatos, con los restos de un naufragio que nadie te avisó que se acercaba. Desalojada de tu propia vida.

Siempre me han sacudido las escenas de desalojos. Los colchones en la vereda, los chicos que corren alrededor de las sillas medio desvencijadas. Una abuela ancianísima y silenciosa que sabe que está de más. La ropa tirada de cualquier manera.

Hay algo incómodo de mirar. La intimidad de la pobreza convertida en espectáculo. El lado B de los ricos y famosos que muestran sus casas en las revistas. Los quince minutos de fama de la precariedad.

Bajas la cabeza. Sabes que te están mirando. Sabes que miran las cajas, las bolsas y esa letra escarlata que llevas grabada sobre la piel. Como le grababan su delito al personaje de Kafka de *En la colonia penitenciaria*. ¿Cuál fue mi delito? Una A para que la vea el mundo.

Tu propio y vergonzoso naufragio. La intimidad en la vereda.

No como Álvar Núñez.

No como Robinson Crusoe.

No las costas heladas de la Patagonia como Darwin.

No la frivolidad enamorada de Kate Winslet en *Titanic*.

No.

Una figura patética en las calles de la colonia Roma.

Pero dije que iba a contar la historia de amor. El final ya lo sabemos. ¿Por qué no se terminó en "Fueron felices y comieron perdices"?

"Los perritos paran las malas vibras." Dijo así: "malas vibras". No me gusta la palabra "vibra". Me provoca una desconfianza que no sabría explicar; una desconfianza a la mezcla de término "comodín" y "filosofía *new age*". Pero esta vez no me molestó. Esta vez la frase me golpeó en medio del pecho. Directo. *Knock out.* Ella y yo nos habíamos cruzado unas pocas veces, en presentaciones de libros, en alguna feria, y poco, muy poco, ahí en la sede de la televisión de la ciudad, donde ella colaboraba los miércoles y yo los jueves. Por eso su comentario me dejó helada. ¿Sabía algo? ¿De qué malas vibras hablaba?

Lola vivía conmigo desde que pudieron separarla de la madre. Casi cabía en la palma de mi mano cuando llegó. Y nos adoptamos. Ella fue mi compañera durante casi diez años; no se me despegaba, iba conmigo a trabajar, dormía a mis pies mientras yo escribía, o me traía la pelota para que jugáramos. Haciendo caso omiso de sus menos de treinta centímetros de altura, se enfrentaba a quien quisiera acercárseme; apenas alguien intentaba saludarme, ella brincaba y le mordía el brazo. Entonces yo ponía cara de "Perdón, es una perrita un poco malcriada", pero en el fondo estaba orgullosa de mi guardaespaldas personal.

Nunca más me dejaron entrar a la casa. Dejé de verla largos meses. Los peores: los del miedo y la oscuridad absolutos. Hasta que un día me habló la asistente de X para decirme que la "iban a dormir". Fui a buscarla a la clínica en la que estaba y se la llevé a Samanta, nuestra veterinaria de toda la vida. "Le podemos hacer algunos estudios", me dijo. "Que se vaya a casa hoy, va a estar mejor contigo que internada." Pasamos la noche abrazadas. Amaneció casi sin poder moverse. Sufría. No quedaban demasiadas opciones. "Los perritos paran las malas vibras." Era 6 de enero.

Volvió a defenderme mi guardaespaldas de treinta centímetros de altura.

He escrito otros textos sobre los perros que me han acompañado.

Le debía éste a mi Lola.

Toda la vida queda en unas pocas fotos, pienso —hoy 9 de abril, día del nacimiento de mi mamá— con una taza de café en la mano y escuchando a los pájaros. Hoy esos trinos me recuerdan no sólo el amor que mamá sentía por los pájaros de su jardín de la isla, sino la pasión con que empezó a aprender sobre ellos. Ya se los conté, ¿no? Me estoy haciendo vieja. Horas de paciente y amorosa observación y largas charlas con un amigo ornitólogo la volvieron una conocedora de esos bichos que los demás ni siquiera sabíamos identificar bien (¿Qué son éstos que escucho cantar ahora? ¿Gorriones? ¿Hay gorriones en la ciudad de México? En Argentina se dice que Sarmiento los importó de París. "Tortolitas", me dice alguien. ¿Será?). Con el mismo entusiasmo celebraba los cambios de color del cielo a lo largo del día, o los reflejos del sol sobre el río. Si de algo no tengo dudas es de que mi (¿complicada?) capacidad de disfrute de la vida es su herencia. Quizás no siempre la honro como debiera. Suelo enredarme más de la cuenta en tristezas.

Toda la vida queda en unas pocas fotos, pienso hoy 9 de abril. Mi madre hubiera cumplido ochenta años. Como Barthes cuando pierde a la suya, la busco desesperadamente en las imágenes; busco ese gesto que la hacía única. Como a él, me obsesiona la foto de la niña que fue.

En esa foto está el pasado —esa Historia en la que yo aún "no había nacido", como dice B.—, pero también el futuro. Las fotografías son un desafío a nuestra rígida concepción del tiempo, por eso tantas veces nos aterran. La imagen de esa chiquita muestra, vista desde mi presente, el pasado de un futuro terminado. Me fascina y me angustia al mismo tiempo. Mirarla me lleva a asomarme al abismo: vértigo, amor, tristeza.

Y como siempre que pienso en ella vuelven el río y las cenizas, y la azalea bajo la cual la enterramos.

Resina y barniz para arreglar las heridas. La mujer rota cubierta de polvo de oro: *Kintsukuroi*. Cicatrices de una batalla perdida desde siempre.

Leo una novela tras otra buscando entender. Bovarismo de la ruptura.

¿Qué dirían las mujeres de mi estirpe del silencio que he elegido? Pudorosas, quizás. Temerosas. O directamente puritanas: las pasiones del cuerpo borradas, ocultas. Un quiebre en la menor de las hermanas de mi abuela. ¿1940? ¿Quién va a contarme por qué se colgó en un cuarto del hotel familiar? ¿Cuál fue la fractura? La piel anhelante de los veinte años. ¿En qué idioma gritó la *bobe* cuando la vio? El relato astillado no tiene respuestas.

Miro la foto: mi madre es una bebé en brazos de la más joven de sus tías. Mucho tiempo después seguiría recordando la sonrisa, las manos suaves, la voz dulce. Durante años no supo de esa otra A. No supo de la furia del abuelo. No supo del cuerpo suspendido.

Los secretos para siempre guardados son marca de agua en mi piel. Llego con ellos ante ti. Te pediría que los develaras con la punta de la lengua. Si no existiera el miedo. Si no existieran las miradas a mi alrededor. Despójame de mis propias historias, te diría entonces.

Me duele el cuerpo.

El cuerpo digo, no el corazón, no los recuerdos.

El cuerpo.

El brazo derecho. La pierna izquierda. Las cervicales.

Después de unas horas: una costilla o un pie.

Dicen que necesito un diagnóstico. Yo creo que necesito dormir.

Cien años.

Estiramientos. Relajación. Meditación.

Todos opinan.

Ácido láctico, explican. Agujetas.

"Deja ir."

El cuerpo, les digo. No el corazón. No los recuerdos.

Huesos. Músculos. Tendones.

La adrenalina peor que el punzón que se clava en la carne.

Párate. Camina. Es la posición. El estrés.

Empiezo a usar palabras nuevas.

Términos raros. Ajenos.

Psoas, por ejemplo. Tejido conectivo. Reacción de huida. Acortamiento muscular.

Mantener el equilibrio requiere esfuerzo. Hablo del esqueleto.

No tambalearse. No inclinarse. No caer.

Hace años tuve un virus. En el oído izquierdo. Durante semanas cualquier movimiento de la cabeza, o incluso de la mirada, hacía que me mareara.

Que tambaleara. Que me inclinara. Que cayera.

Ahora me duele el cuerpo. No el corazón. No los recuerdos.

El esternón. Una rodilla.

El fémur.

Poca cosa.

"Vengo de otra parte." Me dormí con esa frase dándome vueltas en la cabeza, y fue lo primero que pensé al despertar. "Vengo de otra parte." Ayer recibí dos fotos que me estremecieron. Me las mandó mi primo. Las encontró cuando estaba buscando fotografías para la marcha por los derechos humanos. Una vez más la plaza. Una vez más la memoria. Una vez más la bronca y el dolor. Revolviendo en esos álbumes familiares que ninguno de nosotros se atreve a mirar completo nunca, aparecieron estas dos imágenes. Subrayo la palabra aparecieron. Extraña en este contexto. Clara. Fuerte. No feliz.

A la izquierda, Rina, la mamá de mis primos, el día de su casamiento. Tenía diecisiete años. A la derecha, mi madre, de treinta (¡la edad que hoy tiene mi hija!). El gesto de complicidad entre ambas me conmueve. *Memento mori*. Mis padres habían viajado a Córdoba para el casamiento; una ciudad que para mí estará siempre unida a Rina, a Luis, a los chicos. La casa estaba muy cerca de la penitenciaría. Quién lo hubiera dicho. Irma y Pánfilo tenían el tallercito de sastre y un acento italiano que seguía allí después de tres décadas de haber salido *d'il suo paese*. Crecí rodeada de esos acentos: los múltiples de los "tanos", de los gallegos, de los portugueses, de los polacos, de los alemanes, de los japoneses, de los rusos. Eran casi parte del paisaje. También los de santiagueños y correntinos. Me parecían normales. Me parecía normal la mezcla de apellidos de todos mis compañeritos de la primaria. Recién cuando yo misma llegué con mi tono de adolescente porteña a este país en el que ya llevo más de cuarenta años, empecé a pensar en la memoria que encerraban esos acentos. En las historias. En la pobreza, en la violencia, en los barcos, en los autobuses, en las despedidas. Empecé a pensar en la pregunta "¿qué salvarías en un naufragio?", a tratar de imaginar esos baúles pobres, esas valijas de cartón, esa poca ropa, una que otra foto, algún documento. ¿Qué habían puesto en ellas nuestros abuelos? ¿Qué habían querido salvar? ¿Qué habían *podido* salvar? Al final creo que vuelvo siempre a los mismos cuentos. Durante muchos años hice todo lo posible por disimular mi propio acento (sin lograrlo del todo, claro). Pero ahora esta mezcla rara —estas "eses" aspiradas que cada tanto se me escapan, estas palabras que ya no cambio porque igual me entienden— es cada vez más evidente. Al final ¿por qué tendría que disimularlo/borrarlo/desaparecerlo (otra vez este verbo vuelto sustantivo por la brutalidad de la historia)? ¿Por qué tendría que ocultar que "vengo de otra parte"?

Era el año 67. Yo iba a "primero superior". Soy de la última generación que hizo primero superior. Después ya fue directamente segundo grado. Soy antediluviana (casi). Mi maestra se llamaba Lidia Tudino y nos enseñaba a contar con frasquitos vacíos de inyecciones. ¿Estaba enferma acaso? ¿Tenía un enfermo en casa? Como los acentos de los vecinos, los frasquitos ordenados dentro de esas cajas de zapatos forradas con papel floreado, eran parte de la normalidad de mi mundo infantil.

Rina iba todavía a la secundaria y volvía a su casa con el guardapolvo blanco y esa manera tan suya de sonreír con todo el cuerpo.

Papá ve la foto y me cuenta algunas cosas. Me aferro no al *grand récit*: "La pasamos muy bien", "Rina era una dulzura", "Estaban fulanito y menganito"... sino a los detalles más ridículos: "A mamá se le había terminado el champú en Carlos

Paz". Esa frase revive para mí algo que no viví, más que todos los relatos "oficiales". A mi mamá se le había terminado el champú, pienso, y ahí están la boda, los paisajes cordobeses, la cámara de mi papá, las complicidades de lo que serían más de cincuenta años de vida compartida. Y esa carencia, ese champú que no tuvo en ese momento, es una más de las ausencias que salvaría en mi naufragio.

A Rina se la llevaron tal vez un 12 de mayo. Mis primos —el mayor, Ernesto, es el que aparece en esta foto—, y los otros chicos que vivían en esa casa de la provincia de Buenos Aires donde se imprimía el órgano del partido, lo llaman "el día que no fue". "El día que no fue" podría ser el título de una novela (¿de ésta?). Le dicen así a esa fecha que pusieron un poco por intuición, otro poco por deducción. "Me acuerdo que era viernes y que yo volvía contento de la escuela porque el lunes era feriado", dice Ernesto. "Todos nos preguntaban: ¿cuándo fue? ¿Cuándo se los llevaron? ¿Cuándo los dejaron a ustedes en el orfelinato? ¿Cuándo los buscaron los abuelos? Y yo tenía nada más que siete años y no me acordaba bien, así que medio inventé las fechas. Pensaba en esas cosas: la escuela, el feriado, lo que contaban los abuelos, y dije 12 de mayo. Y dije: estuvimos cuarenta y dos días encerrados en el orfelinato. Y dije: tuve un hermanito que nació entre noviembre y diciembre." Siempre es bueno tener una fecha. Y un lugar. Pero el cuerpo de Rina no ha aparecido todavía. La recordamos así, en el aire, en las fotos, en la piel.

Ella tiene al bebé en brazos y sonríe. Él mira serio o enojado o molesto a la cámara. ¿Sabe ya lo que todavía no ha pasado?

Vengo de otra parte, quiero gritarles a los que hoy esperan que me grabe una A en el pecho, como Hester Prynne en *La letra escarlata*. Vengo de esa otra parte de la vida: del lado de mis muertos, del lado de los abuelos y bisabuelos de acentos extraños, del lado del lagarto y la lagarta que lloran, del lado del cerebro reptiliano, del lado en que las

136

mamás se quedan sin champú o pueden desaparecer un día que no fue.

Mi tatuaje dirá "Vengo de otra parte". ¿En cirílico? ¿En hebreo? ¿En italiano?

Irma y Pánfilo (dos hijos asesinados y un nieto desaparecido en el 76), nos recibían (en el 68) con un tazón de café con leche y el más delicioso pan con manteca y azúcar del que tengo memoria. De Casalanguida (42°02'00" latitud norte, 13 kilómetros cuadrados, 1,079 habitantes hoy) entre los Abruzzos y el Adriático, a ese barrio de laburantes de Córdoba (31°25'00' latitud sur). Desde la ventana de la cocina se veía la cárcel. Faltaba un año para el Cordobazo. *Vengo da un'altra parte.*

¿Una? ¿Dos? ¿Cinco? ¿Cuántas veces puede gritar una mujer antes de ser asesinada? ¿Cuántas veces pudo gritar Mara Castilla antes de morir a manos del chofer que tendría que haberla llevado a casa?

¿Cuándo se dio cuenta de que el camino que había tomado el auto era otro?

¿Cuánto tiempo sintió el miedo quebrándole la garganta, ahogándole el llanto?

¿Cuántos minutos de pánico vivió?

No puedo dejar de pensar en Mara.

No puedo dejar de pensar en su cuerpo indefenso.

Violentado.

Abusado.

Roto.

Tenía diecinueve años. Estudiaba Ciencias Políticas.

Un feminicidio más en un país que parece odiar a sus mujeres.

Más de ochenta han sido asesinadas en los últimos tiempos en el estado de Puebla.

La carretera Puebla-Tlaxcala: el principal corredor de trata de personas en México.

Mara Castilla. Salió un viernes en la noche.

En un país que parece odiar a sus mujeres.

Un país que es también el nuestro. Patria / *matria* doliente.

No regresó nunca a su casa.

¿Cuántas veces pudo gritar?

¿Cuántas veces pudo sentir las manos de su asesino sobre la piel?

No puedo pensar en otra cosa. No puedo escribir sobre nada más.

No hoy.

Tenía diecinueve años. Estudiaba Ciencias Políticas. Se le ocurrió salir una noche.

Se le ocurrió encontrarse con amigos. En un bar. En la ciudad que tiene una iglesia por cada día del año. Dicen.

Nunca regresó a su casa.

Entre 2000 y 2014, el número de las mujeres asesinadas en el país ascendió a más de 26 mil.[7] Dicen. ¿Y ahora?

Una semana después encontraron su cuerpo.

16 de septiembre. Viva México.

¿Gritamos?

¿Cuántas veces puede gritar una mujer antes de ser asesinada?

¿Cuántas veces pudo gritar Mara antes de morir?

Y se me cruza la imagen de Valeria. ¿Se acuerdan? Once años.

---

[7] https://vocesfeministas.com/2017/07/28/15-anos-asesinadas-26-mil-267-mujeres-mexico/

Asesinada en una combi. De la Ruta 40. En junio.

Su padre llora mientras habla.

La llevaba en la bicicleta. Cuando empezó a llover la subió a la combi para que no se mojara.

Valeria nunca llegó a su casa. Once años.

¿Gritó? ¿Cuántas veces?

El pánico. La garganta se cierra. El corazón bombea enloquecidamente.

Los músculos se paralizan.

Llovía y el padre no quiso que se mojara.

Murió asfixiada.

A manos del chofer. "Presuntamente." Dicen.

La autoridades se tomaron su tiempo en salir a buscarla.

¿Cuál es la prisa?

Llueve sobre el país que odia a sus mujeres.

¿Cuántas veces gritó Valeria?

Que no se moje. Pensó el padre.

Más de 26 mil. Dicen.

No puedo pensar en otra cosa. No puedo escribir sobre nada más.

No hoy.

"Quisiera haber tenido muchas manos, muchos pies, muchos ojos para poder buscar a mi hija": la madre.[8]

Muchas manos.

---

[8] http://www.animalpolitico.com/2017/06/hija-neza-asesinato-madre-autoridades/

Muchos pies.

Muchos ojos.

El cuerpo asfixiado. Valeria. Su niña. Once años.

Avísame cuando llegues a tu casa, nos decimos hoy las mujeres. Al despedirnos. Cualquier noche. Avísame cuando llegues. Nos dicen los amigos. Las amigas.

Les decimos a nuestras hijas.

Avísame.

Algunas no llegan.

Mara, 19 años. Valeria, 11.

Tampoco llegaron Lesvy, ni Marisela. No llegaron Paola, ni Elena, ni María de la Luz.

Y podría seguir.

26 mil.

Llueve en esta patria / *matria* nuestra.

Sobre los cuerpos sembrados en la tierra dolida.

Qué nace en una tierra sembrada de cuerpos.

Mancillados.

Quebrados.

Oscuridad de pieles rasgadas. De rostros arrancados.

¿Cuántas veces puede gritar alguien antes de morir?

No puedo pensar en otra cosa.

Sólo en los gritos ahogados por el miedo.

La garganta se cierra. Los músculos se paralizan.

Pánico.

¿De qué tenía miedo? ¿Por qué lo único que quería era volver a casa? Todos los demás se metían al mar, corrían, hacían castillos y pozos, masticaban felices los granitos de arena que se pegaban a los sándwiches de dulce de leche que nos hacía mamá, y fantaseaban con quedarse a vivir allí para siempre. Yo lo único que quería era volver a casa.

Alguna vez tuve ocho años y le vi la cara a la muerte. Mucho tiempo después encontré sobre el escritorio de mi padre el papel que certificaba que sí, que había estado allí: NN Lorenzano. 1968. Aún no sabía que serían miles los NN en el país. Ésa era la mía. Tenía tres días de nacida y un nombre que no he vuelto a pronunciar. ¿Por qué ese nombre no estaba en el papel? Yo quería gritar, correr, vivir como si ella no hubiera existido. "¿No piensas en el dolor de tu madre?", me preguntaba la maestra (se llamaba Margarita y tenía una vocación para el melodrama que a mí me aterrorizaba. Por eso prefería decir "madre" y no "mamá", como decíamos todos. Me era difícil pensar en mi mamá cuando ella decía "madre"). Descubrí entonces que la muerte me daba vergüenza.

Intercambiar nombres de muertos otorgaba cierto prestigio en el recreo. La muerte era un valor de cambio: las abuelas y abuelos muertos daban un aura particular, incluso los tíos. Pero una hermana muerta era algo vergonzoso. Las miradas de conmiseración son las peores. Lo supe en ese momento.

Yo quería volver a casa. El milenario cerebro reptiliano es el único que de verdad me ha funcionado a lo largo de la vida. Pero alguna vez tuve ocho años y le vi la cara a la muerte. Entonces ya no hubo casa a la cual volver. Conjunto vacío. Cero. Nada. Las tortugas saben desde siempre una obviedad (tal vez lo esencial sea siempre obvio): que llevan consigo su hogar. Yo tardé varios siglos en aprenderlo.

Tenía un nombre que nunca he vuelto a pronunciar. NN. Cero. Nada. Y unos escarpines tejidos tan chiquitos que terminaron en una de mis muñecas. También esos escarpines salvaría en un naufragio. Y el dulce de leche con algo de arena que saboreo mientras mi mamá nada en el mar, sabia como una vieja tortuga.

Otra vez las cenizas. Podría tener frente a mí la pequeña urna con las cenizas. Como San Jerónimo tenía una calavera. *Memento mori.* No la tengo. Mamá eligió mezclarse con la tierra y el agua a la orilla del río. "El regreso": polvo eres, y al polvo volverás. En la memoria las escenas se mezclan: creo recordar que vamos en un bote, mi padre remando como remaba tantos domingos por ese delta que era su hogar, los cuatro hijos en esa imagen somos pequeños, aún no nos sentimos huérfanos y por eso confiamos en su capacidad de mantener el bote sobre las aguas a pesar de las olas que producen las lanchas al pasar a toda velocidad junto a nosotros. Entre los cuatro sostenemos la urna. Obviamente la escena no es real. Mi madre murió hace diez años, sus hijos ya éramos todos adultos, y mi padre no iba remando. Sí estábamos en el río, dentro de una lancha taxi, y no sabíamos cómo sostener esa urna que llevaba su cuerpo. Quizás tampoco supimos sostener su cuerpo vivo. Ella eligió ese espacio, "El regreso": un jardín, una azalea, el Carapachay que refleja el cielo de ese invierno sin fin.

Tuve mi propio 68. No fue el de París, ni el de Praga, ni el de Tlatelolco. No tuvo consignas, ni demandas, ni amor libre, ni barricadas. Tenía ocho años. *Kintsugi*. El relato se pierde en el camino de polvo dorado. Ahí están los silencios. Rasco. ¿No se trata de eso? ¿De sumergirse en los quiebres? Si hay que contar, contemos. "Si hay que ir, se va", dicen en Canarias. Vamos, entonces.

Ocho años e invierno. Papá que no vuelve del hospital de Tigre donde trabaja en las mañanas. Estamos sentados a la mesa mamá, Pablo y yo. Papá no vuelve. Está preso. Pero todavía no lo sabemos. Alguien busca a mamá para contárselo. No se dice "preso", aprendo. Se dice "a disposición del poder ejecutivo". No. Tampoco se dice eso. No se dice nada. Afuera de casa se guarda silencio. Adentro se dice "papá no está". Le escribimos cartas. Le hacemos dibujos. No se nos ocurre preguntar qué hizo, por qué está en la cárcel. Hace mucho que sabemos que los buenos están presos y los malos en el gobierno. Papá es bueno. Mi abuelo también es bueno porque viene a atender el consultorio. Aunque no esté preso es bueno. Aunque haga llorar a mamá. "Ustedes no piensan en sus hijos", le dice. "Si siguen así van a terminar todos muertos." Tuvo más intuición que los treinta mil desaparecidos de los setenta, el abuelo. "Los van a matar a todos", dice. Pablo y yo escribimos cartas. Sin saberlo estamos ensayando el futuro.

Pero mi 68 no fue sólo papá preso. Fue también aprender a callar. No digan nada en la escuela. No les digan nada a sus amigos. No lo comenten, decía mamá. ¿Ser bueno era un secreto? Por mucho que nos dijeran que no había hecho nada malo, me daba vergüenza. Me daba vergüenza callar o mentir; me daba vergüenza que estuviera en la comisaría.

Además íbamos a tener un hermanito. ¿Y si el abuelo tenía razón y nos mataban a todos?

En el cuarto que compartíamos Pablo y yo, había ya una cunita blanca esperando al bebé. Pero no llegó. Mis padres volvieron del hospital sin ella. Esa nena chiquitita que habíamos visto en la incubadora se quedó para siempre en la "negra espalda del tiempo".[9] Fue mi primera ausencia. Nunca digo su nombre. Ni siquiera cuando conozco a alguien que se llama así. Está enterrada en el cementerio de Tigre. NN. Un ensayo de futuro.

Tampoco de esto había que hablar.

Tuve mi propio 68. Y lo odié.

---

[9] En su libro *La negra espalda del tiempo*, Javier Marías habla de la muerte de su hermano Juliancito.

"Cuenta", me dicen.

Me he resistido. Pero tienen razón: no se puede escribir una novela sin contar una historia.

De acuerdo: la contaré.

Aunque no sé si sirva de algo. Cada uno de los que se acerquen a estas páginas quizás tenga ya su propio relato sobre lo ocurrido. Rápidamente la gente se hace su propia película. Aun sobre las cosas más intrascendentes. Como lo que nos pasó a nosotras. Porque —no seamos ingenuas— es algo absolutamente intrascendente. Salvo para nosotras dos, claro. Pero, ¿a quién no le gustan los chismes, no? Así que contaré la historia.

Las historias.

¿Por dónde empiezo?

Podría ser por ese momento en que recibí un whatsapp a las tres de la mañana en un hotel de Austin, Texas: "Ahora lo entiendo todo. No quiero volver a verte nunca más en mi vida", decía.

Ella lo entendía todo.

Yo no entendía nada.

"¿Qué es lo que entiendes ahora???? ¿De qué hablas?", respondí. Pero ya me había bloqueado del correo, del whatsapp, del telegram, del facebook y, por supuesto, jamás me contestó el teléfono.

¿De dónde me viene esa maldita costumbre de pensar siempre desde dos lugares?

Por un lado, el corazón me empezó a latir a una velocidad casi de infarto, la adrenalina me salía por cada poro, el miedo se me instaló en el cuerpo. No sabía entonces que se quedaría allí —el miedo— durante largos, larguísimos meses; años.

Por otro lado, miraba la escena como si estuviera colgada de la lámpara "de época" de ese coqueto hotelito gringo, acostumbrado a recibir a profesores de todo el mundo, con una cama mullida y tibia, digna de amores dulces y apasionados, o de sueños plácidos, no de la pesadilla de despertar a las tres de la mañana con mensajes que —ya empezaba a intuirlo— te cambian la vida para siempre. Y desde allí, desde mi posición en la lámpara, viendo todo como con gran angular, no podía dejar de pensar en lo ridículo de la situación. ¿Un whatsapp? ¿De verdad? ¿Cómo adolescentes? Somos dos mujeres que rondamos los sesenta, peinamos canas desde hace rato, con hijos, con nietos, con más de quince años de vida en común. ¿De qué me estás hablando?

Tardé en entender.

"El que es celoso, no es nunca celoso por lo que ve; con lo que se imagina basta", escribió Jacinto Benavente.

¿Qué era lo que ella había imaginado? ¿Qué podía haber pasado por su cabeza que en un instante dejamos de ser la pareja modelo, la que había construido un mundo amoroso y protegido en una sociedad donde el amor entre mujeres no está bien visto? ¿Qué podía haber pasado para que su furia se desatara con tal violencia? El monstruo de ojos verdes, como llamó Shakespeare a los celos, había hecho su entrada. Sus tentáculos no dejarían resquicio sin invadir.

Una amiga me manda un mensaje:

"La carne llenará los sueños de cuerpos vacíos", dice.

Me estremezco.

La carne. Los cuerpos.

Vivimos en el infierno. Un infierno con algunas burbujas de ¿tranquilidad?, ¿seguridad? Nos aferramos a nuestras burbujas con uñas y dientes. Es mejor no mirar más allá si uno quiere seguir respirando.

Vivimos en el infierno pero lo callamos. Si no lo nombramos quizás logremos olvidarlo.

Los cuerpos vacíos: sin historia, sin nombre, sin memoria, sin rostro.

No dormir. No soñar.

La hipótesis del quinto autobús. Es muy fácil, dicen. Los estudiantes se llevaron un autobús que tenía otros destinatarios. Cargado de droga o de dinero, no era para ellos. No dormir. No soñar.

Cuarenta y tres nombres. Cuarenta y tres historias. Cuarenta y tres rostros.

Ayer un sombrero ensangrentado.

Una lapicera. Un tatuaje.

Anteayer la mujer que había reconocido a los asesinos de su hija.

La semana pasada la chica que estaba cerca de la cabina telefónica.

"La carne llenará los sueños de cuerpos vacíos."

Me aferro a la burbuja.

La gente no quiere escuchar tanta tristeza, me dicen. Que no hablen ni el padre, ni el hijo, ni la hermana. Antígona González debe callar. "Calladita te ves más bonita." ¿No te lo enseñaron cuando eras niña?

"La carne", dice el mensaje. ¿La carne de quién?, quisiera preguntar. La carne que se seca por la falta de agua. Vacas de ojos hundidos. ¿Has visto alguna vez al ganado morirse de sed? El cuero pegado a las costillas (*cuerpos vacíos*), la mirada enloquecida. A lo lejos, un incendio. La carne que se seca.

Un basurero, dicen. Un falso basurero.

Las cenizas son de otros. ¿Importa saber de quiénes?

Nadie quiere escuchar tanta tristeza.

Mejor cuento otra historia. Una de lluvias y risas y pieles húmedas. Una historia de deseo, de nombres amados. La historia de la sonrisa aquella que me regalaste sin saber que yo estaba esperándola.

Me aferro a la burbuja.

Hay quien pone botellones de agua en el desierto para los que pasen por ahí. El cuero pegado a las costillas, la mirada enloquecida. Desde Honduras, desde El Salvador, desde aquí nomás, seño. El desierto tatuado en la carne. Caliente el agua. A polvo sabe. Pero se vuelve lluvia y risa y pieles húmedas. Se vuelve deseo.

"La carne llenará los sueños de cuerpos vacíos."

No dormir.

Vuelve la ceniza. Es de otros. ¿A qué temperatura se incinera un cuerpo?

En Varanasi las túnicas naranjas. Visnú encendió por primera vez la pira.

Trescientos kilos de leña. Imposible aquí.

Las llantas fueron puestas a último momento.

No todo el cuerpo se consume. En Varanasi.

Grité cuando vi el humo. Nunca tuve la cabeza rapada. Nunca tomé la llama en mis manos. Sólo recuerdo el grito. El humo.

Ahí nomás: Gardel y Alfonsina Storni y Berni y Tita Merello y el Mono Gatica. Y Bernardo Houssay con su Nobel, y Paul Groussac ("El solo elogio no es iluminativo; precisamos una definición de Groussac", escribió Borges, enterrado él tan lejos). Chacarita. Mi primo Ariel me abraza. Me sienta. Pide café para todos. Sé que están, pero no los recuerdo.

También allí Cátulo Castillo. ...*del último café / que tus labios con frío / pidieron esa vez con la voz de un suspiro... "Lo nuestro terminó" / dijiste en un adiós / de azúcar y de hiel.*

153

No todo el cuerpo se consume. Tanto Celan para terminar gritando frente al humo.

(Recordar Génesis 3:19)

Podría tener frente a mí la pequeña urna con las cenizas de mi madre. No la tengo. Ella eligió mezclarse con la tierra y el agua a la orilla del río.

Un sombrero ensangrentado. Una lapicera. Un tatuaje. Ayer.

El mensaje dice: "La carne llenará los sueños de cuerpos vacíos".

¿Has visto alguna vez al ganado morirse de sed? El cuerpo pegado a las costillas. La mirada enloquecida.

La caricia que no sabías que estaba esperando. Uñas y dientes para aferrarme a ella.

Contar y no contar. Decir y no decir. Por tristeza. Por pudor. Porque quién quiere hurgar en la memoria. Quién quiere volver a pasar por el corazón (*re-cordis*). Y quién quiere leer confesiones fragmentarias, confusas, extemporáneas.

Contar y no contar. El abandono, por ejemplo. "Dejar alguien sin cuidado", dice María Moliner, "una cosa que tiene obligación de cuidar o atender, apartándose o no de ella." Obligación, dice María Moliner. No habla de placer ni de deseo. Ni siquiera habla de gusto. El problema es mío. Yo pensé siempre en placer, en deseo. Incluso en gusto. A veces el diccionario puede ayudar a la tristeza. No me interesa que me cuiden por obligación.

Me lo han preguntado muchas veces. Cada vez que ese miedo asoma. Cada vez que se convierte en ansiedad, en reclamos. ¿Pero alguna vez te han abandonado? ¿Te dejaron acaso sola de chica en una playa vacía? ¿Te perdiste en alguna ciudad? Hurgar en la memoria. No. No fui una niña abandonada. Tampoco he sido nunca una amante abandonada. Nunca una mujer que arrastra su llanto por la vida y se lo enrostra a quien quiera verlo. Cuando siento avanzar ese miedo, esa sensación dolorosa del abandonado, del que intuye que pueden dejarlo, cambiarlo por otro, por otra, me voy. Así de fácil. Así de injusto, quizás. No es el abandono realmente. Es la intuición del abandono. El momento en que te imaginas rogando que no te dejen. Que te miren. Que te escuchen. ¿Por obligación?

Entre la ansiedad que puede provocar esa vida de a dos, o el páramo de la soledad, elijo quedarme sola. Por eso fantaseo con comienzos. El momento del enamoramiento absoluto. Cuando sólo somos tú y yo. Vos y yo. Sin ansiedades. Sin miedos.

¿Soy la única que siente eso? ¿La única que le tiene miedo a su propio miedo?

Quisiera aferrarme a una historia que lo explique. Pero no la encuentro. Sólo encuentro mi imagen —bastante penosa, por cierto— de quien se rasca hasta hacerse sangrar. "Todavía no ha llamado. Todavía no ha visto mis mensajes. Hoy no me dijo eso que sabe que tanto me gusta oír…" Y aparece la sombra de ese abandono sin origen. Debería permanecer impávida. Como esos viejos a los que dejan en las carreteras francesas. Qué estorbo para las vacaciones. Se detienen en alguna estación de servicio. Vamos a tomar algo, mamá. Un refresco para cada uno de los niños. Un té para la abuela. ¿Vamos? Todos se suben al coche. Hasta el perro. Ella queda frente a la taza de té viendo cómo se alejan. Tal vez alguno de los chicos le haga un gesto de adiós por el vidrio trasero. Y ella: impávida.

No ver. No sentir.

Pasarán dos semanas después. ¿No han visto a una anciana que se nos perdió por aquí?

Lo contrario del abandono es la anestesia. Elijo irme. Así de fácil. Así de injusto.

O el país de las sombras largas. ¿No era algo similar lo que pasaba cuando un viejo estaba cercano a la muerte? El libro habla de los inuits. Pero no: ellos mismos se van. Se alejan. Por pudor. La muerte es un ritual solitario.

Contar y no contar. Decir y no decir.

Hacer de mi miedo un ritual solitario. Me voy. No soporto la ansiedad ni el reclamo. Mi ansiedad. Mis reclamos.

No soporto la patética imagen de la mujer que llora por las calles para que la vean. No soporto ser la mujer que reclama. *La femme rompue.*

No soporto sentir lo que sé que voy a sentir.

Me aferro al afuera. Por eso escribo frente a la ventana. Los pájaros. Las flores que aún quedan en el recién estrenado verde de las jacarandas. Hasta el ruido de los camiones. Tablas de salvación para el naufragio que me amenaza.

Pensé que huía de mí misma pero / ¡miserable de mí!, trájeme a mí conmigo.

157

Uno puede aprender a leer en los fragmentos,
esto es posible, lo demás, a mi edad, resulta vano.

GRACIELA SAFRANCHIK

Ningún apego a la tierra.

No.

No es verdad.

No es eso lo que quiero decir.

Hay quien pide que echen tierra de su tierra sobre el cajón.

Cada uno un puñado.

Los hijos. La hermana. Los sobrinos.

Hay quien se hace traer tierra por alguno que va a su tierra.

O aire.

O agua de lluvia.

Un frasquito con agua de lluvia.

Con agua de río.

Con polvo de los huesos amados.

Hay quien se hace traer arena de aquellos mares para morir abrazado a su infancia.

¿Y nosotros? ¿Cuál tierra? ¿Cuál mar? ¿Cuál lluvia de invierno?

Debajo de la azalea, dijo mi madre. En la isla.

"El regreso" le pusieron a la casa.

Allí el río sube. Inundadas, serán siempre agua y no tierra las cenizas de mi madre.

"El regreso." Era predecible.

Pero no volví. Ni al río ni a los cerros de colores.

¿Poco apego a la tierra?

No. No es eso lo que quiero decir.

¿A qué paisajes querremos abrazarnos al momento de morir?

Hay quien pide tierra de su tierra. Arena de la niñez. Entrañable aire de la patria.

Como señores de imperios perdidos: enterrados con las huellas de su paso por el mundo. Figuras de barro, joyas, plumas.

La casa se llamó "El regreso". Fui la única que no volvió.

El jardín es generoso: le ha dado hogar a mi madre. Más agua que tierra.

Inundadas las cenizas, aún siguen floreciendo.

Me acuerdo perfectamente de la sonrisa de mis padres ese 25 de mayo. A la noche, cuando volvíamos de todo un día de escarapelas y discursos patrioteros, ellos sonreían.

Era 1975. Mala suerte, pensaba yo, que ese año el feriado del 25 cayera en domingo. Hacía un frío horrible. No daba mucho para ir al club, pero sí al cine con las amigas, o para quedarme en casa bien tapada. Pero no: ni una cosa ni otra porque se les había ocurrido que el acto del colegio fuera justo ese día. Así que había que ponerse la pollera (y congelarse), el guardapolvo ("¡debajo de la rodilla, señorita!") y perder por lo menos medio día en una ceremonia engolada. Sólo el coro nos salvaba. Gigena, la profesora de música, ha sido quizás la única persona del mundo en considerar que yo podía formar parte de un coro. "Contralto", dijo, después de hacerme la prueba de canto. "Mañana a la una, venga al ensayo." ¿Usted está segura?, quería preguntarle. Del abuelo chelista no he heredado más que la melancolía. Pero ahí estaba yo, ese domingo de invierno, emocionada cantando: *El Padre nuestro Artigas / señor de nuestra tierra / que como un sol llevaba / la libertad en pos.*

La Alianza Anticomunista Argentina ya había comenzado a actuar en el país, amparada por la entonces presidenta María Estela Martínez de Perón (la patética Isabelita). En casa ya se hablaba (en voz baja) de cárcel, bombas, clandestinidad, muertos.

A la mañana siguiente todos los diarios tenían la noticia en primera plana: veintiséis mujeres se habían fugado de la cárcel del Buen Pastor. Córdoba era un hervidero político. Recuerdo la sonrisa de mis padres. Llamo a papá para comentarlo más de cuarenta años después. "Pasaban tantas cosas en el país que de eso no me acuerdo. Además —agrega—, preferiría que no habláramos de estas cosas por teléfono." ¿En el 2018?

En la ciudad de Córdoba estaba la cárcel del Buen Pastor. Fundada por la orden de las hermanas de Nuestra Señora de la Caridad del Buen Pastor de Angers y gestionada por el servicio penitenciario de la provincia. El edificio, construido entre 1897 y 1906 para funcionar como "centro correccional de mujeres y menores", se fue convirtiendo a partir de 1974 y hasta el final de la dictadura, en lugar de reclusión de presas políticas.[10]

---

[10] Mariana Tello Weiss, "La ex cárcel del Buen Pastor en Córdoba: un territorio de memorias en disputa", en *Iberoamericana*, N⁰ 40, 2010.

Alrededor de las ocho de la noche del 24 empezaron las acciones: algunos grupos cortaron calles, otros pusieron explosivos en diversos puntos de la ciudad, mientras un camión arrancaba una de las rejas de las ventanas de la cárcel. En total participaron unas doscientas personas de diferentes organizaciones, pero la dirección estuvo a cargo de militantes del PRT-ERP (Partido Revolucionario de los Trabajadores-Ejército Revolucionario del Pueblo).

En cinco minutos, veintiséis mujeres salieron por esa ventana buscando reincorporarse a la lucha política. Sería lindo escribir una novela sobre esta historia.

"Lo que te quería contar es que la situación que sufríamos en la cárcel fue diferente a la que sufrieron las compañeras en las cárceles de la dictadura", cuenta Ana María Sívori, una de las mujeres que participó en la fuga. "Cuando yo estuve presa llegabas a la cárcel buscando cómo fugarte al otro día. Era nuestro pensamiento y nuestra acción diaria. No era una cosa de pensar para adelante, que ibas a estar muchos años. (…) Éramos todas revolucionarias, entonces qué hacíamos que no estábamos en la calle. Teníamos que salir."[11]

"Teníamos que salir", pensaban. Y salieron.

---

[11] http://argentina.indymedia.org/news/2009/06/676523.php

Varias fueron detenidas nuevamente, otras se exiliaron, y nueve de ellas fueron asesinadas tras el golpe de estado del 24 de marzo de 1976.

No hay novela, pero sí un documental: "Buen Pastor, una fuga de mujeres" (2010).[12] Matías Herrera Córdoba y Lucía Torres, los directores, cuentan la historia recorriendo con algunas de las protagonistas el espacio carcelario. Allí, cada rincón, cada puerta, cada ventana, convoca la memoria: "Y entonces la monja que estaba ahí sentada abrió un cuaderno grande y anotó mi nombre y apellido", "Este patio es donde nos juntábamos con las comunes", "¿Dónde está la calle por la que saltamos? ¿Allá?", "Esa pared estaba cubierta de consignas". La película empieza con imágenes de las mujeres caminando por espacios cubiertos de escombros; ha comenzado la demolición de los muros interiores. Poco quedará de la memoria del lugar cuando en 2007 la vieja prisión sea reinaugurada como centro comercial por el entonces gobernador de la provincia. Al gran acto oficial de apertura por supuesto no estarán invitadas las ex presas políticas.

Son famosas en la ciudad las "aguas danzantes" del centro comercial: una fuente construida sobre los cuartos en que daban a luz las mujeres secuestradas durante el gobierno militar. "Allí nació el nieto de la presidenta de Abuelas de Plaza de

---

[12] https://www.youtube.com/watch?v=8SM2EkrB3a0

Mayo de Córdoba, Sonia Torres." Su hija, Silvina Parodi, fue secuestrada cuando tenía veinte años y seis meses de embarazo. El médico que la atendió declaró —en el megajuicio por los crímenes de lesa humanidad cometidos en La Perla, el mayor campo de concentración de la provincia— que la vio en el Buen Pastor adonde fue trasladada en el momento en que comenzaba su trabajo de parto. Hoy, a casi cuarenta y dos años de su secuestro, Silvina y su niño nacido en cautiverio siguen desaparecidos. "Que mi nieto sepa que siempre lo estoy esperando", suele decir Sonia Torres.

Cuando éramos chicos hubo un periodo (¿semanas?, ¿meses?) en que vivieron en casa tres amigos de mis padres: Mabel, César y Arturo. Los veíamos leer, comentar, comíamos juntos, mi hermano jugaba a la pelota con ellos en el jardín, mirábamos un rato televisión. A la tarde solía llegar uno más: Hugo. Mayor que los otros, bigote negro. A Arturo lo asesinaron los militares. César no se llamaba César. Tampoco Arturo y Mabel usaban sus nombres verdaderos. Pero Hugo era Hugo, aunque la gente lo conocía por su nombre político. La plana mayor del PRT. Todo eso lo supimos nosotros —los hijos— mucho después.

Domingo extraño ése del 75. Domingo de tedeum en la catedral de Buenos Aires, y de fuga de la cárcel del Buen Pastor en Córdoba.

Para mí, un prescindible día de escarapelas y discursos. Para otros, un verso, ... *la libertad en pos*...

El miedo no es sólo mío: "Nos prohibieron hablarte." "Nos revisan los correos." Guardo los mensajes. A pesar del terror. A pesar del dolor. Archivos de la ignominia. "Que dejara todo en la calle", dice el chofer que le dijeron. Todo: libros, cuadros, ropa, más libros. La complicidad de la mirada ajena para cumplir con el mandato: destruir, aplastar.

"Borraron todo. Años de trabajo destruidos", le cuento a María por teléfono. "X quiere hacerme desaparecer." Me quedo pasmada ante el verbo. *Desaparecer*. Nada de heroísmos, de madres que dan vueltas a la plaza, nada de luchas ni consignas. Lo dicho: un final cutre. De la tragedia al melodrama. Basura televisiva para las cinco de la tarde. Pero hasta en eso es cutre: sólo unos pocos miran.

¿A quién no le gustan los chismes? Pero sin brillos, ni espejitos ¿qué gracia tiene el nuestro? Brillos de mujeres mayores, poca cosa. Algo del lustre del poder. Un poder que con los años también se ha vuelto poca cosa. Nada que de verdad interese más allá de un par de meses. Lo que resta son ya decisiones tomadas. ¿Con quién te vas: con melón o con sandía? Comentarios que envejecen como hemos envejecido nosotras compartiendo la vida.

Desaparecer. No puedo borrarme la palabra de la cabeza. Quedarse sin memoria. Despójame de mis propias historias, te diría. Los secretos como marca de agua en la piel.

Vengo de otra parte y cada una de las letras se me clava como el picahielos que encontraré cualquier noche al subir la escalera. Las fotos colgadas al cuello, los rostros que ya son de todos a fuerza de mostrarlos al mundo, una historia de derrotas y de orgullo.

Teníamos quince años. Guardapolvo hasta la rodilla. Vincha, hebilla e identificador. Nos pedían el documento. Nos bajaban del colectivo. Los hombres con las manos en alto. Las mujeres a un lado. Pasaban, miraban, revisaban. Nos rozábamos los brazos o las manos. Así el miedo parecía menos.

Vengo de otra parte.

"Siempre te estás yendo", dijo. "Huyes."

A mí me lo dijo.

Justo a mí que miraba cada amanecer desde
esa ventana

queriendo clavar el sol y mis pies

para que nada cambiara.

Para que nada volviera a ser desconocido.

Para encontrar siempre la misma luz.

Las mismas voces. Su misma piel.

"Te escapas", dijo.

"Ya no sabes estar sin moverte."

"Huyes."

Y yo deseaba mis pies clavados frente a esa
ventana.

Deseaba su piel y ningún cambio.

Como mi abuela deambulando por su barrio
de infancia.

Como la hermana más joven que se quedó en
Italia.

La misma luz. Las mismas voces.

"Siempre te estás yendo."

Detrás de sus palabras

de pronto imaginé la arena.

La sal.

El silencio.

En el eco de mis muertes / aún hay miedo.

Íbamos en el taxi. Hacía frío. En mi recuerdo, Buenos Aires es siempre una ciudad invernal. Acabábamos de recoger los resultados de un estudio. Las imágenes eran implacables: los huesos estaban manchados.

Miedo a que se quiebre la lengua, a que se convierta en pedacitos de sinsentido que escurran por el desagüe. Palabras como esqueletos, rotas. Supuran las últimas memorias. Manchas. Como marcas en el mapa de una guerra siempre perdida. Cartografías amorosas de nuestras propias derrotas. ¿O acaso no están todas ellas presentes en los huesos de mi madre? Agosto será siempre el mes más cruel. Por eso me llega su voz cada noche. "No pido más que cinco años." Dijo. Íbamos en el taxi. El invierno.

El kepí heroico del abuelo ruso. 1905. La *bobe* de brazos tibios que la arrullaba de niña. El *cello* en los ensayos de la orquesta. Los barcos. Y ese río por el que camina para siempre un chico de catorce años.

Pero fueron tres meses. No cinco años. Noventa días. "Hundido", gritó alguien que jugaba

169

"Submarino" cuando dijeron la letra y el número de su destino. Y puso una marca en el papel. Hundida mi madre que no pudo caminar sobre las aguas. Hundida con el mapa de todos los relatos.

Lo sé: no se escribe un libro desde una lengua quebrada. No hay palabras que acompañen el naufragio de sus huesos.

Me acuerdo del taxi, de los ruidos de la calle, del olor a invierno, de su mano agarrando la mía —un gesto extraño; a pesar de lo cariñosa que era no solía agarrarme la mano—, de sus palabras, de mi respuesta tonta, algo así como "Vivirás doscientos años más", pero lo que tengo más presente es mi deseo profundo —mientras la escucho, mientras siento el leve apretón con que busca aferrarse— de no estar allí. De no estar en ningún lado. De no existir. De borrar esa escena de la historia del universo. De que no hubiera sucedido jamás. De borrarme a mí misma. De no haber tenido origen, ni pasado. De que nunca el azar hubiera hecho coincidir un óvulo y un espermatozoide de esos chicos que fueron mis padres.

No estar allí. Cuatro y pico de la tarde. El frío. La lengua se rompe como los huesos. Uno a uno. Astillas. Deseo de no existir.

"Tu madre fue sabia —me dicen—: supo cuándo tenía que morirse." O quizás sólo me lo dijeron una vez, pero a mí se me ha quedado grabado a fuego. ¿Supo su cuerpo adelantarse al horror? ¿Al "borramiento" total de la memoria? Mi abuela murió sin recordar nada: ni su nombre, ni el nuestro, ni el pasado, ni los sueños. A medida que la enfermedad avanzaba, la relación con el espacio y el tiempo se volvía confusa; a veces atemorizante —como cuando no reconocía su casa—, otras veces infinitamente conmovedora —como cuando salía en busca de su propia infancia—. "¿Adónde vas, mamá?" Le preguntaba mi madre, asomándose a la puerta, al escuchar los pasos en el pasillo del cuarto piso (mis padres regresaron a Buenos Aires a vivir a un departamento junto al de mi abuela, justamente para acompañar su vejez). "¿Adónde vas, mamá?" "Al negocio, a buscar a papá", respondía ella, desde la niña de ocho años que alguna vez había sido. "Al negocio, a buscar a papá", con un monedero deshilachado y las llaves de la casa en sus manos de viejita de noventa años. ¿Quién no querría salir una tarde cualquiera a buscar lo más querido del propio pasado?

Mi bisabuelo, León Paley, había fundado el restaurante Internacional en 1920, en Corrientes al 2300, frente al Idishe Zeitung, y allí se reunían por la noche periodistas, escritores, actores, pintores… Ése era el mundo que mi abuela salía a buscar casi ochenta años después. En ese barrio caótico y vertiginoso en el que hoy se mezclan los descendientes de aquellos inmigrantes judíos, españoles e italianos de la primera ola, con los nuevos migrantes: coreanos, chinos, bolivianos, peruanos y, claro, miles de argentinos que llegan del interior del país. Increíblemente siempre algún vecino la reconocía y la llevaba de vuelta a la casa de mis padres. "Aquí está doña Luisa. Andaba un poco perdida."

A veces sus confusiones nos divertían, sobre todo a nosotros, los nietos. Como cuando pensaba que Pablo mi hermano era el hijo de un antiguo novio de mi madre.

Cuando fue mamá quien empezó a olvidarse de las cosas no quisimos aceptarlo. ¡No puede ser que no te acuerdes! ¿Cómo no te vas a acordar? ¡Vamos, inténtalo! Nos sentíamos traicionados. Quizás yo más que mis hermanos. Ella no podía estar haciéndonos esto. Con su fragilidad se caía un mundo de certezas, nos quedábamos a la intemperie, huérfanos antes de tiempo. Ella ya se había dado cuenta y tomaba ciertos recaudos para que la debacle no fuera total: anotaba en papelitos las llamadas que recibía, las compras que tenía que hacer, las reuniones de amigas a las que la invitaban. Había papeles por toda la casa, como en Macondo cuando olvidaron los nombres de las cosas, pero nunca aparecía el que hacía falta. Las estrategias eran cada vez menos eficaces. Sabía que el deterioro aumentaría, y ella no quería llegar a los noventa sin recuerdos, sin palabras, sin pasado ni presente. "Tu madre fue sabia —me dicen—: supo cuándo tenía que morirse."

Leo el conmovedor libro de Paloma Díaz-Mas, *Lo que olvidamos*. Un homenaje a una madre lúcida, brillante, aguda, simpática, coqueta, que poco a poco fue quedando inmersa en un vacío de falta de recuerdos y de desconexión de la realidad. Se trata de un texto dulce y doloroso que habla también de la desmemoria de España. Escrito en primera persona narra el deterioro paulatino: desde los pequeños olvidos al gran vacío que transforma a la madre en hija que requiere de cuidados, de atención, de paciencia, como una niña pequeña. Y de muchísimo amor. Hay una conexión profunda a través del cuerpo. Las caricias, las sonrisas, los abrazos. ¿Cómo habitamos el cuerpo de nuestra madre? O quizás habría que preguntarse cómo somos habitadas por él.

Sus dedos vagan, erráticos, sin plan establecido, sin un itinerario, buscando el contacto de mi piel con la suya, y eso también es

una caricia, aunque no tenga orden ni con-
cierto.[13]

La memoria es también la memoria del cuerpo. ¿Qué queda en nosotros de la huella de la
vida de quienes nos precedieron? ¿Son los miedos, las angustias, las alegrías vividas, las marcas
que heredamos? A veces pienso que en esa abuela que salía a buscar su pasado por las calles del
Once debía haber algo del terror de los pogromos de Odesa. ¿Estaba también esa marca en mi
madre? ¿Está en mí o en mi hija?

La foto que Díaz-Mas nunca tomó de las manos de su madre entrelazadas a las suyas me recuerda la tarde en que acompañé a mamá a recoger unos estudios; me tomó la mano y me dijo
"Sólo pido cinco años más".

Pero fueron tres meses.

Hay películas y libros sobre el Alzheimer.
Historias que nos llegan. Siempre desgarrado-
ras. Nosotros no lo vivimos. Mamá era aún, en el
momento de su muerte, una mujer activa, bella,
inteligente, creativa (tengo aquí conmigo, como
uno de mis talismanes de vida, la libreta cuyas
hojas pintó con acuarelas pocos meses antes de
morir). Fue sabia, me dicen. No vivimos su deterioro. No tuve que visitarla en una residencia de

---

[13] Paloma Díaz-Mas, *Lo que olvidamos,* Anagrama. Barcelona,
2016, p. 139.

ancianos. No tuve que volverme su madre. Sus huellas están dentro de mí, cuidadas, protegidas, acariciadas, como esas manos de *Lo que olvidamos*. Ésa es mi herencia.

Un salto más. Pedazos. Fragmentos. La memoria reptiliana toma sus propios caminos. El lagarto y la lagarta. Pequeñas lagartijas transparentes que se cuelan por las ventanas. "Cuijas", me dice alguien. Gecko. Lepidodactylus. Saurópsidos. Salamanquesas. "Besuconas", las llaman en Veracruz. ¿Han escuchado el sonido que hacen? El amor después del amor (como la canción de Fito) en los besos "chirriantes" —la enciclopedia *dixit*— de estas chicas partenogenéticas. ¿Quién dijo que hacía falta alguien más que una misma? Las ganas de ser cuija. Ni un él ni una ella ni nadie. El amor chirriante. Pero está siempre esa memoria antigua haciendo ruido, tirando hacia otro lado.

También el otro sur tiene un norte. Mi sur (de todos los sures) tiene su norte. Duele. Cerros de colores. Andes lo que andes, ándate por los Andes. Silencios. Quisiera haber aprendido a escucharlos. Como el personaje de *La casa y el viento* de Héctor Tizón: haber aprendido a despojarme de todo lo anterior para quedarme sólo con lo que el silencio tatuara en mi piel.

Allí la frontera es polvo

Malvones que florecen junto a los adobes.

Ríos que son sólo fantasmas hasta que rugen con violencia de mil siglos.

En esas piedras fui cuija, gecko, lepidodactylus, salamanquesa.

"El amor después del amor." Lado A. ¿Te acordás? LP les decían cuando éramos chicos. *Long play*. Una lagartija sabe que los sueños son tierra para las paredes. Soplar el disco antes de ponerlo para que ninguna motita de polvo ensucie el sonido. Que no chirríe. Salamanquesa.

Un día dije: éste es. Habíamos visto *Un lugar en el mundo*. Si Federico Luppi y José Sacristán lo sabían, yo lo sabría. El carro tirado por un caballo compite con el tren. Un sulky. ¿Sólo allá, en aquel sur, se dice así? Las palabras y sus surcos en la memoria. Chirría.

El sulky viene con botellas de leche dejadas temprano en la puerta. Viene con las calles de tierra por las que andábamos en bicicleta a la hora de la siesta. Sulky con caballos cansados.

"Éste es." Mi lugar en el mundo. El lugar donde el silencio tiene nuestras huellas. Lagartijas al sol. Las mandarinas en las manos de mi hija. Y me llega el olor dulzón. "Éste es."

Pero no volví. Hace una vida que no regreso. He armado y desarmado casas, cajas, armarios, parejas. Pero no volví.

¿Te acordás qué perdida me sentía cuando llegaba a la ciudad? ¿Cómo me enojaba ver a todo el mundo mirándose el ombligo? Los que se creen la historia de que "descendemos de los barcos". ¿Cuántas veces nos peleamos con el mundo frente al chistecito aquel? Los mexicanos descienden de los aztecas, los peruanos descienden de los incas y los argentinos descendemos de los barcos. Yo pensaba en mis chicos de la escuela tilcareña copleando… No los ven. No existen vistos desde allá.

También los barcos. Pero no solamente. No todos. Y al final elegí: el mar y la tierra. El mar *con* la tierra. Pienso en las mejillas al sol de los nenes collas. En la plaza los veíamos crecer. También mi hija andaba con un ponchito y las mejillas rojas y dulces. Pienso en los cerros de colores hoy que escribo con el Tepozteco frente a esta ventana que me han prestado. En esta otra *matria* que también me han prestado.

Sobre esa tierra fui cuija, gecko, lepidodactylus, salamanquesa.

Memoria reptiliana. Reptilínea. Lengua quebrada.

El silencio del norte. De ese norte de mi sur. Allí podría encontrar mi rostro. Las palabras que surgen de la entraña de la roca. Del polvo. De los cielos manchados de naranja.

Podría haberlo encontrado.

Pero no volví.

Algo que traspase la piel. Que llegue al hueso. Que sean los huesos los que hablen. Como los huesos manchados de mi madre.

Cinco años.

Falso.

"Hundido."

Fueron noventa días.

Ni uno más ni uno menos.

La lengua se rompe como los huesos.

Uno a uno.

Astillas.

Deseo de no existir.

"Les va a gustar el norte", nos dijo. "Les va a gustar México", había dicho años antes. Y nosotros, obedientes lagartijas, amamos esas tierras otras que nos constituyen con la misma condición irrevocable con que nos constituye el desoxirribonucleico. Mejillas quemadas por el sol colla.

Bajo el sol del desierto de Atacama, Raúl Zurita se quemó la mejilla. Expiación. "Todo sacrificio es en vano", dice el psicoanálisis.

Cristo en la cruz.

Cuijas bajo el sol del desierto de Atacama.

"Todo sacrificio es en vano."

Buscar el cuerpo amado. Celebrar las pieles.

Chirría la memoria. Salamanquesa.

Había visto esa foto decenas de veces y siempre me provocaba un sacudimiento[14]. ¿Qué era exactamente? ¿Dolor, tristeza, pudor? Ganas de abrazar a ese padre y decirle "Venga, vamos a llorar adentro. Lejos de todos. Vamos a recordar juntos cómo era darle la mano a la nena cuando era chiquita; esa mano a veces un poco pegajosa y con olor a caramelos y goma de borrar. Cómo era sentir su risa cuando usted llegaba de la oficina con las historietas, o con ese chocolate que venía con muñequitos. Qué colección esta-

---

[14] Fotografía: AFP / Alejandro Pagni.

ban armando, ¿eh? Venga, vamos a cantar bajito como cantaba con ella antes de que se durmiera, o a contar una vez más la historia de Sandokán. Todos quisimos ser tigres de Mompracem. Venga, vamos a llorar adentro. O le hago 'casita' como cuando iban a la playa y había que cambiarse el traje de baño. Una casita para protegerse de los demás". ¿Dolor, tristeza, pudor? Frente al río. "El mismo río que trajo su barco, y el barco de mis abuelos. Sandokán en tercera clase." *Para todos los hombres del mundo que quieran habitar en el suelo argentino.* "Venga. El nombre es sólo eso: un nombre. En una plaquita de pórfido patagónico, le dijeron. ¿Y ella? La manita pegajosa, el abrazo, los domingos de historietas y bici. ¿Dónde está? Venga, vamos a llorar lejos de todos. ¿Quién se atrevió a tomar la foto? ¿Cómo me atrevo yo a mirarla? Le hago casita frente a este río más de barro que de sueñera. Vamos a cantar bajito: *Stamattina mi sono alzato / o bella, ciao! bella, ciao! bella, ciao, ciao, ciao!"* Ganas de abrazar a ese padre. "El nombre es sólo eso." Esa tarde de viento helado y luz invernal, frente al enorme muro casi naranja por el sol del atardecer, vi, sin haberlas buscado, mis propias placas: grabados también los nombres de aquellos a quienes conocía y extrañaba. Las toqué. Como el padre de la fotografía. Las toqué como si les hiciera una caricia. Como si de verdad estuvieran ahí. Como si la negra piedra patagónica estuviera tibia de memorias. Frente a ese río más de barro que de sueñera.

¿Y yo me atrevo a hablar de miedo? ¿Yo que no tuve que esconderme, ni dormir cada noche en una casa distinta? ¿Yo que no tuve que escuchar los gritos ni los golpes contra la puerta? ¿Yo que no sentí las manos hurgando en mi cuerpo? ¿Yo que no sangré ni grité? ¿Yo que no perdí la noción del tiempo ni del espacio? ¿Yo que no caí al agua ni me volví hueso húmero en el desierto? ¿Yo me atrevo a hablar de miedo? Acaricio los nombres. "Venga. Le hago casita. No dejemos que el viento la lastime. La mano chiquita de la nena. Dulce de caramelos y goma de borrar. La risa. Las historietas. *Bella, ciao.*"

Ganas de abrazar a ese padre. De acariciar a esa nena. De acariciar los nombres grabados en la piedra negra.

Me duele el cuerpo.

El cuerpo digo, no el corazón, no los recuerdos.

El hombro. Las rodillas. Las manos.

A veces un pie al caminar.

El fémur. Poca cosa.

Estrés.

Tensión.

Fibromialgia.

Polimialgia.

Los diagnósticos posibles.

La proteína C reactiva fuera de rango: los análisis.

"Cada judío es una novela": Kraus.

Él quiere que escriba. Por eso me lo dice.

Pero después de estar un rato frente a la computadora me duelen los brazos.

Me paso del escritorio al sillón.

Del sillón a la mesa de la cocina.

Ahora son las cervicales.

Estoy como Charly: yendo de la cama al living.

Me toma la presión.

El tensiómetro se va apretando y grito.

Cada judío es una novela.

Me enseña palabras en idisch, el doctor Kraus.

¿Dónde comienza una historia?

¿Desde dónde llegan estos dolores?

¿De hace cien mil años? ¿De hace cinco mil?

¿De las primeras tortugas que, melancólicas, buscaban su hogar?

¿De la lagarta y el lagarto con delantalitos blancos?

¿Del miedo de la *bobe*?

Durante más de dos años el cuerpo fue mi escudo.

Bien tenso para recibir los golpes.

Nada de aflojar.

Adrenalina pura.

Ácido láctico clavado en cada centímetro de mi metro cincuenta y tres.

Un estilete.

La carne de Francis Bacon.

No el corazón. No los recuerdos, doctor.

El cuerpo.

"Un nuevo estudio científico descubre que nuestro ADN transmite información de experiencias de miedo y de estrés de generación en generación."

La prueba la hicieron con ratones y cerezos en flor.

Cada vez que los ratones se acercaban a las flores, les daban un shock eléctrico.

Sus crías heredaron el miedo sin haber vivido la experiencia.

Los pogromos.
Odesa. Minsk.
Un picahielos una noche cualquiera.
Una sombra y un perfume a las diez y diez de
la noche.
Un shock eléctrico.
"Cada judío", dice Kraus.

vengo de otra parte, escribí
no es cuestión de geografía
es cuestión de historia
quería contarlo
con las palabras de ellas
con sus testimonios
con sus confesiones
quería contar
los gritos
la picana
los cuerpos pesados sobre cada una
el sudor
la saliva
las manos
las palabras vulgares
los insultos
la almohada sobre la nariz y la boca
el dolor
la sed
      la infinita sed
los cigarros en la espalda
las uñas arrancadas
el hambre
las ratas

los susurros de las otras
de los otros
las encías que sangran
el miedo
el miedo
el miedo
pero no pude
tendrás que imaginarlo
o recordarlo
tendrás que ponerle las palabras
que yo no me siento con derecho a escribir
tendrás que pensar en tu propio cuerpo violentado
o en el de tu hija
o nieta
secuestrada apenas nacida
nombres
edades
fechas
lugares
de sur
a norte
y a la inversa
de la larga frontera
(cicatriz en el desierto)
al frío más descarnado
los ojos tapados
el olor a encierro
y de pronto

"Hubo como un aire de frescura y un olor a
verde —cuenta Beba—
y el trinar de los pájaros
por unos segundos
entre que nos bajaron de un vehículo
y nos entraron a algún lugar…"[15]
el trinar de los pájaros
y el olor a verde
como en los veranos de la infancia
por unos segundos
pero en el horror
una foto en negativo
tendrás que imaginarlo
ponerle tus palabras
dejar que el escalofrío te recorra la espalda
yo no pude
no puedo
¿con qué derecho?
"nos arrastraban del pelo por el piso,
sabíamos lo que seguía"
"a veces dolía más escuchar los gritos de las
otras"
dice alguien
"Sentí el interrogatorio, los insultos, una especie de aullido que sale de la garganta, del cuerpo de uno cuando no puede gritar. Sale un sonido
que yo nunca he escuchado nada más humano

---

[15] http://www.rionegro.com.ar/argentina/el-crudo-relato-de-
una-sobreviviente-de-la-tortura-KXRN_718929

188

referido al dolor, que es esa especie de gruñido,
que no tenía nada de lo que yo pude sentir en
toda mi vida"

"No era un grito,
no era un gemido,
era otra cosa,
era algo que no podía salir…"
el gruñido
el aullido
que no es vida ni es muerte
el aire que no logra entrar a los pulmones
la sed
los ojos vendados
y por unos segundos
el olor a verde
quién sabe qué recuerdos convoca en mí esa
imagen
que no puedo decirla sin que se me quiebre
la voz
el jardín tal vez
mamá regando las plantas
siempre hay jazmines cuando aparece
siempre es una tarde tibia
y no hay más futuro que ese hoy
el pasto nunca terminaba de crecer
los perros
las lluvias
las bicis
hoy nos reíamos mi hermano y yo acordán-
donos

¡mirá que se esforzaban!
la memoria tatuada en los huesos
los ojos vendados
el manoseo
una cuenta que quedó embarazada
"no podemos permitirnos ese error", dijo el
comisario
ocho tipos encima no es un error
nunca había podido hablarlo, dice en el juicio
tengo hijos
pero lo recuerdo cada noche
no hay pasado, escribió Alicia,
todo está hoy aquí
todo
hoy
aquí
quería contarlo
no pude

Tardé dos años en abrir las cajas. Aunque debería empezar con otra frase: tengo un cuarto lleno de cajas, de bolsas negras, de maletas. No es que me sobre el espacio; lo que me ha sobrado es la tristeza, la incomodidad, el miedo. Tardé dos años en empezar a ver lo que allí había. Así que ahora tendría que decir: me sobran la tristeza, la incomodidad, el miedo…. Y el enojo. ¿Con qué derecho destruyó X el proyecto de una vida compartida?

Sé que hay historias peores. Mi amiga Amalia le tiró por el balcón toda su ropa a Manuel. Pero no así nomás, no: cuidadosamente cortada en tiras. Siempre he pensado que es una gran escena, como comienzo o como final de una película. Empezaría con un *close-up* al rostro de él. Desesperado. El *affaire* de Manuel con una bailarina lo conocimos todos. Las revistas del corazón y los programas de chismes se encargaron de darlo a conocer, impúdicamente veíamos escenas de arrumacos en París o en Cancún. Finalmente se trataba de dos personajes públicos. Amalia, sin gritos, sin escenas, con ese aplomo que le conocemos desde siempre sus amigas, fue cortando una por una las camisas, los sacos, los pantalones, las corbatas, las camisetas, la ropa interior de Manuel. Una por una. Como una artista de la tijera. La Kurt Schwitters del guardarropas de su marido.

Hay que decir que a él no le fue tan mal como a la mujer del tango y las treinta y cuatro puñaladas. "Cebame un par de mates, Catalina."

"Veo rojo", decía X cuando hablaba de sus furias. Vio rojo y cortó las fotos. No con la precisión y la paciencia de Amalia. Quizás debería usar otro verbo. No "cortó" las fotos: se arrancó a sí misma de nuestra historia. Arrancó con las manos su imagen. Me dejó sola.

Me dejó sola mirando auroras boreales, leyendo en la playa, celebrando nuestros quince años, caminando en las calles de Buenos Aires y en las de Lisboa. Sola en la Piazza della Signoria, en los portales de Veracruz, en San Telmo. Sola de toda soledad.

Pero yo no era Manuel, ni Catalina la del tango. Yo no había traicionado. ¿Entonces? ¿Qué mecanismos interiores se ponen en funcionamiento con los celos?

"El que es celoso, no es nunca celoso por lo que ve; con lo que se imagina basta."

La gente cercana y la no tan cercana la vio llorar a moco tendido, la escuchó contar mi "traición" pero, a pesar de eso, nadie llegó a preguntarme si era cierto o no. En cierto sentido fueron respetuosos. Creo que les divertía el escándalo; no demasiado más. Así que después de unos meses de pudor, en que se me caía la cara de vergüenza propia y ajena cuando me encontraba con alguien, empecé a asomarme al mundo.

Los más cercanos a ella me miraban con cara de "¡Qué mal la trataste! ¡Qué infierno le hiciste vivir!", sin investigar mucho más. Los más cercanos a mí me decían "¡Qué bueno que estás mejor!" o "¡Qué suerte que conseguiste trabajo!" Claro que nunca faltan los mete-cizaña —¡qué gusto encuentran en molestar a la prójima!— que decían "Vi a X muy bien / muy mal / muy flaca / muy angustiada / muy feliz en una boda / destruida / sonriente en la tapa de una revista / etcétera / etcétera". Recién ahora, después de casi dos años, puedo decirles: No quiero saber. No me cuentes. No es necesario. Y cada vez que lo digo me siento como una alpinista conquistando el Aconcagua.

Podría hacer una lista de las cosas que poco a poco me fueron ayudando a rearmarme. Aunque el miedo siguiera presente.

Volver a las historias de mujeres que verdaderamente sufrieron el infierno me hizo mirar mi propia historia con ironía.

Y con mucha vergüenza.

Durante meses respiré miedo.

Un picahielos entrando en la carne.

Una A escrita sobre la piel.

Un rostro arrancado de las fotos.

Un cuerpo sobre las escaleras. Cualquier noche.

Una ausencia.

Los silencios. Los gritos.

Sin tiempo.

Nadie vio nada. Nadie recuerda.

Cualquier noche. Unas converse negras. Vetiver.

Los informes exigidos no lo mencionan.

No hablan de un hombre. En las escaleras.

Un picahielos a las diez.

Quiénes entran. Quiénes salen.

Los informes no lo mencionan.

No hablen. No busquen. No digan.

Borrar. Desaparecer. Sin rastro.

Ni la voz. Ni los cuentos.

El músculo se endurece.

Miles de agujas se clavan.

No hay tiempo para el grito.

Cualquier noche.

Que apunten directo al corazón, si quieren.
Final de melodrama.
Caminaré por el medio de la calle.
Les ahorraré así la búsqueda.
Vengo de otra parte.
Fuimos felices y comimos perdices.
También.
"¡Te necesito y no estás aquí!"
El día que no fue.

Durante meses respiré miedo.
Después, nació esta historia.

El día que no fue de Sandra Lorenzano
se terminó de imprimir en el mes de octubre de 2019
en los talleres de
Diversidad Gráfica S.A. de C.V.
Privada de Av. 11 #4-5 Col. El Vergel, Iztapalapa,
C.P. 09880, Ciudad de México.